NARRATORI DELLA FENICE

Titolo originale:

The Commitments

ISBN 88-7746-812-2

RODDY DOYLE
I COMMITMENTS

Traduzione di Giuliana Zeuli

UGO GUANDA EDITORE
IN PARMA

Ringraziamenti

When a Man Loves a Woman, parole e musica di C. Lewis/A. Wright, ©
1966 Pronto Music Inc./Quinvy Music Publishing Company; e *Knock
on Wood*, parole e musica di Eddie Floyd/Steve Cropper, © 1966 East
Publishers Inc., riprodotto per gentile concessione della Warner Bros
Music Limited.

Superbad, parole e musica di James Brown, © 1970 Crited Music; *Get
Up, I Feel Like Being a Sex Machine*, parole e musica di James Brown/
Bobby Byrd/Ronald L. Lenhoff, © Dynatone Publishing Co.; e *It's a
Man's Man's Man's World*, parole e musica di James Brown/Betty Mew-
some, © 1966 Dynatone Publishing Co., riprodotto per gentile conces-
sione della Intersong Music Limited.

Out of Sight, parole e musica di James Brown, e *Night Train*, parole e
musica di Washington/Simpkins/Forrest, riprodotto per gentile concessione della Carlin Music Corp.

Walking in the Rain, parole e musica di Spector/Mann/Weil, © 1964
Screen Gems-EMI Music Inc., USA, e pubblicato dalla Screen Gems-
EMI Music Ltd, London WC2H OLD. Riprodotto su concessione.

I'll Feel a Whole Lot Better, parole e musica di Gene Clark, © 1965
Lakeview Music Publishing Co. Limited, 19/20 Poland Street, London
WIV 3DD. Copyright internazionale. Tutti i diritti sono riservati. Ripro-
dotto su concessione.

Reach Out I'll Be There, parole di B. Holland, L. Dozier, E. Holland, ©
1966 Jobete Music Co., Inc, JOBETE MUSIC (UK) LTD. Tutti i diritti
sono riservati. Copyright internazionale. Riprodotto su concessione.

What Becomes of the Broken Hearted?, parole di P. Riser, J. Dean, W.
Weatherspoon, © 1966 Jobete Music Co., Inc, JOBETE MUSIC (UK)
LTD. Tutti i diritti sono riservati. Copyright internazionale. Riprodotto
su concessione.

Chain Gang, parole e musica di Sam Cooke, riprodotto per concessione
della ABKCO Music Ltd.

A mia madre e a mio padre

« *Fratelli e Sorelle, onorate il padre e la madre. Anche loro avevano la musica nel sangue, una volta. I genitori sono soul.* »

JOEY THE LIPS FAGAN

— SOMETIMES I FEEL SO NICE —
GOOD GOD —
I JUMP BACK —

I WANNA KISS MYSELF! —
I GOT —
SOU — OU — OUL —
AN' I'M SUPERBAD.

JAMES BROWN, *Superbad*

– Chiediamolo a Jimmy, disse Outspan. – Jimmy lo sa di sicuro.

Jimmy Rabbitte se ne intendeva di musica. Se ne intendeva eccome. Quando andava in centro, mai che lo si vedesse tornare a casa senza un nuovo album o un LP o come minimo un singolo. Leggeva Melody Maker e New Musical Express tutte le settimane, se li divorava, e Hot Press ogni due settimane. Ascoltava Dave Fanning e John Peel. Leggeva perfino Jackie, la copia di sua sorella, se nessuno lo vedeva. E allora era chiaro che Jimmy se ne intendeva.

L'ultima volta che Outspan aveva dato un'occhiata ai dischi di Jimmy, ci aveva trovato dei nomi come Microdisney, Eddie e gli Hot Rods, Otis Redding, gli Screaming Blue Messiahs, Scraping Foetus off the Wheel (– Feto, aveva detto Outspan. – È il bambino dentro la donna, no?

– Eh, aveva detto Jimmy.

– Aah, ma che roba, cazzo, fa schifo). Era tutta gente che Outspan non aveva mai sentito nominare, figuriamoci se aveva sentito la loro musica. C'erano perfino degli album di Frank Sinatra e dei Monkees.

Perciò quando Outspan e Derek decisero, mentre Ray era al cesso, che il loro gruppo aveva bisogno di una svolta, tutti e due avevano pensato a Jimmy. Jimmy se ne intendeva. Jimmy sapeva che cosa c'era di nuovo, che cosa era nuovo ma non lo sarebbe stato per molto e che cosa non lo era ancora ma stava per diventarlo. Jimmy aveva Relax

11

quando ancora nessuno aveva mai sentito parlare di Frankie Goes to Hollywood, e aveva cominciato a parlarne male mesi prima che si capisse che non valevano niente. La sapeva lunga Jimmy, in fatto di musica.

Il gruppo di Outspan, Derek e Ray, gli And And And, era nato tre giorni prima: Ray alla tastiera elettrica e ai campanelli di sua sorella più piccola, Outspan alla chitarra acustica di suo fratello e Derek ancora a niente, ma al basso appena metteva i soldi da parte.

– Glielo diciamo a Ray? chiese Derek.

– Di Jimmy? gli fece Outspan.

– Già.

– Meglio di no, non ancora.

Outspan si stava lavorando col pollice un adesivo, Questa Chitarra Ammazza i Fascisti, che ci aveva incollato quell'hippy da strapazzo di suo fratello.

– Ecco lo sciacquone, disse. – Sta arrivando. Più tardi andiamo da Jimmy.

Erano nella stanza di Derek.

Tornò Ray.

– Mi è venuta un'idea per il nome, disse. – Stavo pensando che forse ci dovremmo mettere un punto esclamativo, capite, dopo il secondo And.

– Come sarebbe?

– Così diventa And And, punto esclamativo, And. Sai che roba, sui manifesti. Da morire.

Outspan rimase zitto mentre cercava di immaginarselo.

– Che cos'è un punto esplanativo? chiese Derek.

– Ma come, non lo sai? gli fece Ray.

Ne tracciò uno nell'aria.

– Ah, ho capito, disse Derek. – E dove hai detto che lo vuoi mettere?

– And And,

Ne tracciò un altro.

– And.

– Ma non dovrebbe andare alla fine?

– No, gli dovrebbe andare dritto in culo, disse Outspan, continuando a lavorarsi l'adesivo.

Jimmy era già lì quando Outspan e Derek arrivarono al pub.

– Come va? fece Jimmy.

– Come va, Jim? fece Outspan.

– Come va? fece Derek.

Presero degli sgabelli e si sedettero in semicerchio al banco.

– Nessuna scopata dall'ultima volta che ci siamo visti? chiese Jimmy.

– Nemmeno a parlarne, disse Outspan. – Dove lo troviamo il tempo, con tutto quello che abbiamo da fare?

– Già, fece Derek.

– A dare gli ultimi ritocchi al vostro album? chiese Jimmy.

– A dare gli ultimi ritocchi al nostro nome, gli rispose Outspan.

– Perché, come vi chiamate adesso?

– And And punto esclamativo, hai presente?... And, disse Derek.

Jimmy sghignazzò.

– Cazzo, cazzo, punto esclamativo, però... Scommetto che so di chi è stata l'idea.

– Con una faccia disegnata dentro il puntino, capisci? gli spiegò Outspan. – E la linea che c'è sopra al puntino, sai? Quella è la frangetta.

– In bianco e nero o a colori?

– Boh.

– Lo hanno già fatto, fu lieto di annunciare Jimmy. – Ska. Madness, gli Specials. Degli omini in bianco e nero... Ve l'ho detto che quello non capisce un cazzo.

– Già, fece Outspan.

– Il sintetizzatore però è suo, disse Derek.

– E lo chiama sintetizzatore, quell'aggeggio del cazzo? fece Jimmy. – E poi tanto non si usa più. C'è stato un ritorno all'essenziale.

– Meglio così, disse Outspan. – Perché noi oltre a quello non abbiamo niente.

– Che pezzi fate? chiese Jimmy.

– Quello là dei padroni e servi.

– Depeche Mode?

– Sì.

Outspan si sentì in imbarazzo. Non sapeva perché. La canzone non gli dispiaceva. Ma Jimmy aveva fatto una faccia!

– È un bel pezzo, disse Derek. – Le parole sono belle, sai... proprio belle.

– Sono cazzate da studenti, roba da accademia di musica, disse Jimmy.

Quello era l'argomento decisivo, Outspan lo sapeva, anche se non sapeva che cosa significava.

Ma Derek sì.

– Aspetta un momento, Jimmy, disse. – Su questo non sono d'accordo. Ci sono andati anche i Beatles all'accademia.

– Che c'entra, è diverso.

– È diverso un cazzo, disse Derek. – I Roxy Music sono andati all'accademia e tu hai tutti i loro dischi, e allora vattene affanculo, per piacere.

Jimmy si sforzò di evitare una figuraccia.

– Non è quello che volevo dire. Non è perché sono andati all'accademia, cazzo. Il fatto è che... (Jimmy era in difficoltà)... più che altro... (Poi gli arrivò un'ispirazione) – ... che le cose che fanno, le loro canzoni, sai, sono rivolte a degli stronzi come loro. Mezze seghe coi capelli da pagliacci. Tutti figli di papà. ... E senza un cazzo da fare tutto il giorno, a parte mettersi a fare gli stronzi al sintetizzatore.

– Direi che stai parlando col culo, disse Outspan. – Ma certamente hai ragione.

– Poi che altro fate?

– Per adesso niente, disse Derek. – Ray vuole fare anche quell'altra, sai, Louise. È facile.

– Human League?

– Già.

Jimmy tirò su le sopracciglia e fece un fischio.

Erano tutti d'accordo.

Poi Jimmy disse: – Ma voi, comunque... perché volete stare in una band?

– Che vuoi dire? chiese Outspan.

Gli piaceva però, la domanda di Jimmy. Era proprio quello che non gli quadrava, e probabilmente neanche a Derek.

– Perché fate tutte queste cose, vi comprate gli strumenti, andate a provare? Perché avete formato un gruppo?

– Be'...

– Per i soldi?

– No, disse Outspan. – Certo, sarebbe bello. Ma non è per i soldi.

– Nemmeno io lo faccio per i soldi, disse Derek.

– Per le pollastrelle, allora?

– Cristo, Jimmy!

– Voglio dire le gnocche. Le fighe. È per questo?

– ... No, disse Derek.

– Però una scopata di tanto in tanto non ci starebbe male, eh? fece Outspan.

– Be', certo, disse Derek. – Ma Jimmy vuol sapere se è per questo che abbiamo formato un gruppo. Per cercarci le fighe.

– Nemmeno per sogno, disse Outspan.

– E allora perché? chiese Jimmy.

Aveva la risposta pronta per loro.

– È difficile da spiegare, disse Outspan.

Era proprio la risposta che voleva Jimmy. Colse al volo l'occasione.

– Volete essere diversi, è per questo? Fare qualcosa di buono nella vita, è così?

– Più o meno, disse Outspan.

– Non volete fare la fine (fece un cenno con la testa alle sue spalle) – di tutti questi imbecilli qua dentro. Ho ragione?

Jimmy stava cominciando ad appassionarsi. Gli altri due lo guardavano divertiti.

– Volete alzarvi davanti a tutti e gridare, cazzo, io sono Outspan Foster.

Si voltò verso Derek.

– E io sono Derek Scully, cazzo, non sono uno stronzo qualsiasi. È così? È per questo che lo fate. Ho ragione?

– Sì, direi di sì, disse Outspan.

– Cazzo, se ho ragione.

– Con una scopata di tanto in tanto, fece Derek.

Si fecero una risata.

Poi Jimmy riattaccò immediatamente.

– Ma se volete essere diversi, perché vi mettete a cantare le stronzate degli altri, e a cantarle peggio di loro?

Aveva fatto centro, in pieno. Aveva ragione. Rimasero tutti colpiti. Compreso Jimmy.

– E allora che cosa dovremmo fare? chiese Outspan.

– Non è tanto il fatto di cantare le canzoni degli altri, disse Jimmy. – Ma dipende da quelle che fate.

– Che vuol dire?

– Non si scelgono le canzoni perché sono facili. Perché quello stronzo di Ray le sa suonare con due dita.

– E allora come si scelgono? chiese Derek.

Jimmy lo ignorò.

– Tutta quella roba di merda, far l'amore nei campi e incontrarsi al supermercato o da McDonald's, sono tutte cazzate, roba da buttare dalla finestra. Tutte cose false, disse Jimmy. – False e borghesi.

16

– Cazzo, però!

– Roba di merda, che non va più. Grazie al cielo.

– E allora che cosa va? gli chiese Outspan.

– Ve lo dico io, disse Jimmy. – Sesso e politica.

– EH?

– Ma sesso sul serio. Non tenersi per mano per l'eternità o cazzate del genere. ... Scopare. Fottere. Non so se mi spiego.

– Direi di sì.

– Non si può mica dire fottere in una canzone, fece Derek.

– E che cazzo c'entra la politica? chiese Outspan.

– Non ce la lasciano passare, questa.

– Politica sul serio, disse Jimmy.

– Non in Irlanda, almeno, disse Derek. – Magari in Inghilterra. Ma non ci chiamerebbero mai a Top o' the Pops.

– E chi cazzo se ne frega di Top o' the Pops? gli fece Jimmy.

Jimmy si imbestialiva sempre, quando si parlava di Top o' the Pops, anche se non se lo perdeva mai.

– Fottere non l'ho mai sentito dire nemmeno a The Tube, fece Derek.

– Io sì, disse Outspan. – L'ha detto quel tizio dei comesichiamano, quella volta che gli è finito il microfono in testa.

Derek sembrò più contento.

Jimmy andò avanti a parlare. Ritornò al sesso.

– Datemi retta, disse. – Tenersi per mano non va più. Guardare la luna, tutta roba di merda. Adesso si va al sodo.

Si voltò verso Derek.

– Anche in Irlanda. ... Senti, quei Frankie Se Ne Vanno Affanculo A Hollywood erano una cacata, d'accordo?

Erano d'accordo.

– Ma Cristo, almeno un pompino lo chiamavano un pompino, e guardate quante unità hanno venduto.

17

– Quante che?

– Quanti dischi.

Bevvero.

Poi Jimmy disse: – Il rock'n roll è come scopare. Rock'n roll vuol dire proprio questo, lo sapevate? (Non lo sapevano.) – Sì, era un modo di dire dei neri d'America. È arrivato il momento di rimettere la scopata nel rock'n roll. Lingue, cazzi, fighe e tutto il resto. Il mercato tira.

– E la politica?

– Già, la politica. ... Non parlo di canzoni su quegli stronzi del Fianna Fail o roba del genere, ma di vera politica. (Non lo seguivano.) – Di dove siete? (Rispose da sé alla domanda.) – Di Dublino. (Poi se ne fece un'altra.) – Di che parte di Dublino? Barrytown. A che classe appartenete? A quella dei lavoratori. Ne siete orgogliosi? Sì, certo. (Poi una domanda pratica.) – Chi compra più dischi? Le classi lavoratrici. Mi seguite? (Non proprio.) – La vostra musica deve dire da dove venite e a che tipo di gente appartenete. ... Dillo una volta, sono nero, dillo forte, e ne sono fiero.

Si voltarono a guardarlo.

– James Brown. Lo sapevate che... be', lasciamo perdere. Lo cantava lui. ... E ha fatto cazzi di soldi a palate.

Rimasero stupiti da quello che Jimmy disse subito dopo.

– Gli irlandesi sono i neri d'Europa, ragazzi.

Rimasero senza fiato: era talmente vero...

– E i dublinesi sono i neri dell'Irlanda. I cafoni hanno tutto il cazzo che vogliono. E i dublinesi della zona nord sono i neri di Dublino. ... Sono nero, dillo forte, e ne sono fiero.

Si lasciò sfuggire un sorriso. Ancora una volta aveva superato se stesso.

Li aveva conquistati. Non sapevano più che dire.

– Vi volete veramente chiamare And And punto esclamativo And? chiese Jimmy.

18

– Neanche per sogno, disse Outspan.

– Perché non ci fai da manager, Jimmy? disse Derek.

– D'accordo, fece Jimmy. – Ci sto.

Sorrisero tutti.

– Decido tutto io? chiese Jimmy.

– Sì.

– Bene, disse Jimmy. – Allora Ray non fa più parte del gruppo.

Questo fu un colpo.

– Perché?

– Be', tanto per cominciare perché non ci serve il sintetizzatore. E poi perché mi sta sul cazzo.

Gli altri risero.

– Mi è sempre stato sul cazzo. Non lo sopporto, se proprio volete saperlo.

– Neanche a me piace troppo, disse Outspan. – È fuori allora?

Era fuori.

– Che roba facciamo? chiese Derek.

– Che tipo di musica parla di sesso e politica? chiese Jimmy.

– Il reggae, disse Derek.

– No, quello no.

– Come no?

– Ok, ma noi non lo facciamo. Il reggae lo lasciamo agli skinhead e ai drogati.

– E allora cosa?

– Il soul.

– Il soul?

– Il soul?

– Il soul! Il soul di Dublino.

Outspan rise. Il soul di Dublino suonava benissimo.

– Un'altra cosa, disse Jimmy. – Non vi chiamate più And And And.

Quello fu un sollievo.

– Come ci chiamiamo, Jimmy?

– I Commitments.

Outspan rise di nuovo.

– Grande, disse Derek.

– Con l'articolo, come ai vecchi tempi, disse Jimmy.

– Il soul di Dublino, disse Outspan.

Rise di nuovo.

– Uno schianto, cazzo.

Il giorno dopo la formazione dei Commitments, Jimmy spedì un annuncio da mettere su Hot Press:

– Se avete il Soul nell'anima, la Band più Proletaria del Mondo ha bisogno di voi. Rivolgersi a J. Rabbitte, 118, Chestnut Ave., Dublino 21. Non si prendono cafoni o gente della zona sud.

C'era uno che lavorava nello stesso grande magazzino di Jimmy. Si chiamava Declan Cuffe. Sembrava proprio uno stronzo, però Jimmy non lo conosceva molto bene. L'aveva sentito cantare alla festa di Natale l'anno prima. Jimmy era appena stato fuori a vomitare ma se la ricordava ancora, la voce di Declan Cuffe, un ruggito di quelli profondi, che gli usciva fuori raschiandogli la gola e la lingua. Gli sarebbe piaciuto da morire avere una voce così.

Jimmy aveva deciso di provare a ingaggiare Declan Cuffe. Prese il vassoio e si avvicinò al tavolo dove era seduto.

– Scusa, hm... Declan, disse Jimmy. – È occupato questo posto? Declan Cuffe si sporse a esaminare attentamente la sedia.

Poi disse: – Sembra proprio di no.

Normalmente Jimmy gli avrebbe rovesciato addosso la poltiglia che aveva nel vassoio (o almeno avrebbe avuto una gran voglia di farlo) ma in questo caso si trattava di affari.

Si mise a sedere.

– Com'è la minestra? chiese.

– Fa schifo.

– Come al solito, eh?

Non ottenne nessuna risposta. Jimmy tentò un approccio diverso.

– Com'è il curry?

– Fa schifo.

Allora Jimmy cambiò tattica.

– Scommetto che eri il primo della classe a scuola, visto che parli tanto bene.

Declan Cuffe lo guardò fisso, spostando la sigaretta da un lato della bocca.

– E a te che te ne frega? gli fece.

Le donne del reparto Informazioni al tavolo accanto cominciarono a parlare più forte.

– Ah, piantala, dai, disse Jimmy. – Scherzavo.

Spinse da parte la scodella e si tirò vicino il piatto. – Per quanto riguarda la minestra avevi ragione.

Passò a esplorare il pollo al curry.

– Dimmi un po'. Fai parte di un gruppo adesso?

– Di che?

– Di un gruppo.

– Per fare che?

– Per cantare.

– Io! Cantare? Ma vaffanculo, va'.

– Ti ho sentito cantare, disse Jimmy. – Eri grande, cazzo.

– Quand'è che mi hai sentito cantare?

– A Natale.

– Ho cantato? Alla festa?

– Già.

– Cazzo, disse Declan Cuffe. – Nessuno me l'aveva detto.

– Eri uno schianto.

– Ero completamente sbronzo, disse Declan Cuffe.

– Fatto a rum e sciroppo di mirtilli.

21

Jimmy annuì. – Ero sbronzo anch'io.

– Ne devo aver bevuti almeno venti. Quella tizia, Frances del reparto Giochi, la conosci? Non mi mollava più... Che troia. È anche sposata, la stronza. ... Allora ho cantato, eh?

– Già, sei stato grande.

– Ero completamente sbronzo.

– Vuoi far parte di un gruppo?

– Per cantare?

– Sì.

– Dici sul serio?

– Sì.

– D'accordo. ... Ma sul serio?

– Sì.

– Va bene.

La sera dopo, finito il lavoro, Jimmy si portò a casa Declan Cuffe (che adesso si chiamava Deco). Deco mangiò tutta la frittura che gli aveva preparato Jimmy, più cinque fette di pane e due tazze di tè, e si innamorò di Sharon, la sorella di Jimmy, quando lei tornò a casa dal lavoro.

– Quanti anni ha Sharon? Deco chiese a Jimmy.

Erano su in camera di Jimmy. Deco era steso sul letto di sotto.

– Lascia perdere.

– Quanti anni ha?

– Venti, disse Jimmy. – Ma perdi il tuo tempo.

– Chissà se le piacerebbe uscire con un famoso cantante rock.

La porta si aprì. Era il resto del gruppo, Outspan e Derek. Quando entrarono e videro Deco steso sul letto, sorrisero. Jimmy gliene aveva già parlato.

– Questo è Deco, disse Jimmy.

– Salve, disse Outspan.

– Salve, disse Deco.

– Piacere di conoscerti, Deco, disse Derek.

– Ehm... sì, disse Deco.

Deco si tirò su per fare spazio ad Outspan e Derek sul letto.

– Come ha reagito Ray? chiese Jimmy.

– Non c'è male, disse Derek.

– Che coglione, disse Jimmy.

– Anche lui non era entusiasta di doversi chiamare And And And. O almeno così dice.

– Già. Così dice, disse Jimmy. – Ma parla col culo.

– Vuole mettersi per conto suo.

– Che altro potrebbe fare se no? Cazzo, non ha scelta.

Risero tutti. Anche Deco.

– Bene, ragazzi, disse Jimmy. – Al lavoro.

Tirò fuori un quaderno.

– Abbiamo la chitarra, il basso e la voce, giusto? Ci mancano la batteria, il sax, la tromba e la tastiera. Ho messo un annuncio su Hot Press. Mi dovete quarantacinque pence a testa.

– Ah, dai!

– Accetto anche l'American Express... Ve lo ricordate Jimmy Clifford?

– Quello stronzo del cazzo!

– Proprio lui, disse Jimmy. – Vi...

– Si chiamava JAMES Clifford.

– Come?

– James. Non si è mai chiamato Jimmy. Come ti chiami? James Clifford, signore.

– Va bene, disse Jimmy. – James Clifford, allora. Lui...

– Quel coglione ci ha fatto la spia, non vi ricordate? disse Derek. – Quella volta che ho ficcato il compasso in culo a Tracie Quirk. Hanno mandato a chiamare mio padre. Mia madre...

– Derek?

23

– Che vuoi?

– Vaffanculo... disse Jimmy – Non so se vi ricordate che sua madre gli faceva prendere lezioni di piano. Era bravissimo. L'ho incontrato in treno ieri...

– Non se ne parla nemmeno, Jimmy, fece Outspan.

– Ma no, aspetta, sta' a sentire. Mi ha detto che l'hanno sbattuto fuori dal coro della messa folk. E sapete perché? Perché si è messo a suonare Oh, Susanna all'organo. Cazzo, in chiesa.

– Cristo!

Risero. Doveva essere un James Clifford molto diverso da quello che loro conoscevano e detestavano.

– Appena prima della messa, continuò Jimmy. – C'erano un sacco di vecchi e vecchiette che stavano entrando in chiesa, capito? E lui si mette a suonare Oh, Susanna.

– Dev'essere uno a posto allora, disse Deco.

Nessuno lo contraddisse.

– Allora passo domani a parlargli, va bene?

Outspan e Derek si guardarono.

– Va bene, disse Outspan.

– Basta che non riattacca a farci la spia, disse Derek. – Mentre andiamo tutti a fighe.

– Ci andrà anche lui a fighe, no? fece Outspan.

– Ah, già, disse Derek. – È vero.

– Se lo mette ancora quel maglione con su le pecore?

– Non erano pecore, disse Derek. – Erano cervi.

– Erano pecore, cazzo, disse Outspan.

– No, non è vero. ... Se non lo so io, che ci ho disegnato su i baffi...

– Che fa adesso, lavora? chiese Outspan.

– No, studia, rispose Jimmy.

– Oh, cazzo.

– Andrà benissimo, vedrai, disse Jimmy. – Avrà un sacco di tempo per le prove. ... Un momento.

Jimmy mise un disco sul piatto. Aveva portato su dal

salotto lo stereo e le casse. Poi si rivolse di nuovo agli altri.

– James Brown lo conoscete, vero? chiese.

– Era in classe con noi anche lui? chiese Outspan.

Tutti risero.

– Il cantante, rispose Jimmy. – Quello nero. Uno schianto. ... L'avete visto I Blues Brothers?

Outspan e Derek l'avevano visto, ma Deco no.

– Io ho visto i Furey Brothers, fece Deco.

– Ma vaffanculo, gli disse Jimmy. – Vi ricordate la cantante al caffè? (Se la ricordavano.) – Quella era Aretha Franklin. E il cieco nel negozio di dischi? (– Sì.) Quello era Ray Charles. Vi ricordate il predicatore in chiesa? (– No.) – Be', quello era James... No? (– No.)... Con su il mantello rosso?... È uno nero... (... No.)... Dovete ricordarvelo per forza... Derek?

– Quel pezzo non me lo ricordo.

– ... Be', quello era James Brown, disse Jimmy. – Un momento... Ecco, sì, Rocky IV. Living in America, ve lo ricordate? Era lui.

– Chi, quel capoccione?

– Sì.

– Il film faceva schifo, disse Derek.

– Lui era bravo però, fece Jimmy.

– Be', questo sì.

– Comunque, sentite questa. Si chiama Get Up, I Feel Like Being a Sex Machine.

– Eh, no, un momento, disse Derek. Questa non la possiamo fare. Cazzo, mia madre mi ammazza.

– Ma che cazzo dici? disse Outspan.

– Be', cazzo, una macchina del sesso, spiegò Derek. – Mi spacca la testa se mi metto a cantare una cosa del genere.

– Non la canti tu, ragazzo, disse Deco. – La canto io. E, per quanto mi riguarda, non me ne frega un cazzo di quello che pensa MIA madre. ... Sentiamola, Jimmy.

– Questa non la facciamo, Derek, disse Jimmy. Voglio solo farvela sentire per darvi un'idea, capito, per farvi capire di che si tratta. ... Si chiama funk.

– Vaffunk culo, disse Deco.

Outspan gli mollò un pugno.

Jimmy abbassò la puntina e si accovacciò tra le casse.

– I'm ready to get up and do my thang, disse James Brown.

Un coro di uomini, tutti della stessa provenienza di James, fece: – YEAH.

– I want to, continuò James, – to get into it, you know. (– YEAH, fecero gli altri, in sala di registrazione con lui.) – Like a, like a sex machine, man (– YEAH YEAH, GO AHEAD.) – movin', doin' it, you know. (– YEAH.) – Can I count it all? (– YEAH YEAH YEAH, fecero gli altri.) – One Two Three Four.

Poi attaccarono le trombe, ripetendo sette volte la stessa nota (– DUH DUH DUH DUH DUH DUH DUH) e poi James Brown cominciò a cantare. Cantava come parlava, con una voce possente, che dava l'impressione di dover essere tenuta sotto controllo, tanto era pericolosa. Gli altri (quelli che erano nella stanza di Jimmy) si guardarono sorridendo. Questa sì che era musica.

– GET UP AH, cantò James.

Schioccò una chitarra, precisa come un segno di punteggiatura.

– GET ON UP, cantò qualcun altro, anche lui con una voce niente male.

Poi di nuovo la chitarra.

– GER RUP AH...

Chitarra.

– GET ON UP...

– STAY ON THE SCENE, cantò James.

– GET ON UP...

Le battute migliori erano tutte di James.

26

– LIKE A SEX MACHINE AH...
– GET ON UP...
I ragazzi si dondolavano lentamente sui letti a castello.
YOU GOT TO HAVE THE FEELING...
SURE AS YOU'RE BORN AH...
GET IT TOGETHER...
RIGHT ON...
RIGHT ON...
GET UP AH, cantò James.
– GET ON UP...
Poi ci fu un pezzo al pianoforte e alla fine James fece:
– HUH. Era il miglior Huh che avessero mai sentito. Poi riattaccò il piano.
– GER RUP AH...
– GET ON UP...
Un altro schiocco di chitarra.
Anche il basso ci stava dando dentro. Si distinguevano addirittura le note. Derek era preoccupato. Aveva scelto il basso perché secondo lui non ci voleva molto. Ma questa non era roba da poco. Si dava da fare più di tutti gli altri strumenti.
La canzone andò avanti. I ragazzi si dondolavano e sorridevano. Deco si stava concentrando.
– Bobby, chiamò James Brown. (Bobby doveva essere quello che continuava a cantare GET ON UP.) – Bobby, disse James. – Shall I take them to the bridge?
– Go ahead, fece Bobby.
– Take 'em all to the bridge.
– Take them to the bridge, fece Bobby.
– Shall I take them to the bridge? chiese James.
– YEAH, risposero gli altri in sala di registrazione, e anche Outspan e Derek.
La chitarra cambiò un po' il ritmo e andò avanti così. James fece ancora qualche urlo e qualche huh, un paio di volte, poi la canzone si chiuse in dissolvenza.

27

Jimmy si alzò e tirò su la puntina.

Arrivò un grido dal piano di sotto.

– Abbassala, quella radio del cazzo!

– È lo stereo, urlò Jimmy rivolto al pavimento.

– Non fare tanto lo spiritoso con me, ragazzo. Abbassalo.

I ragazzi crepavano dal ridere, però senza farsi sentire.

– Razza di coglione, fece Jimmy. – Allora, che ve ne pare?

– Fantastico.

– Fantastico, cazzo.

– Sentiamone un'altra, disse Outspan.

– Va bene, disse Jimmy. – Quest'altra penso che la facciamo.

Gli fece sentire Night Train. Era ancora meglio di Sex Machine.

– Cambiamo un po' le parole, però... la facciamo più dublinese, capito? disse Jimmy.

Adesso erano veramente eccitati.

– È da morire, cazzo, fece Derek. – Mi faccio prestare qualche spicciolo per il basso.

– Bravo.

– E io devo comprarmi una chitarra seria, disse Outspan.
– Elettrica.

Jimmy mise It's a Man's Man's Man's World.

– Me ne compro una veramente bella, disse Outspan.
– Bella sul serio, cazzo.

– Andiamo, dai, disse Jimmy.

Stavano muovendosi per andare al pub.

Deco si alzò.

Con un ruggito disse: – ALL ABOARD...

THE NIGHT TRAIN.

Scendendo per le scale incontrarono Sharon che saliva.

– Ciao, bellezza, le disse Deco.

– Va' a cacare, gli rispose Sharon.

28

Jimmy rimase venti minuti a guardare il suo annuncio su Hot Press, il giovedì successivo. Toccò le lettere stampate. (– J. Rabbitte.) Si lasciò sfuggire un sorriso.

Evidentemente lo aveva letto anche qualcun altro perché, quando tornò a casa dal lavoro, sua madre gli disse che erano venuti due ragazzi a chiedere di lui.

– Hanno detto J. Rabbitte.

– Sì, sono io, disse Jimmy.

– Chi ti credi di essere con questa J.? Ti chiami Jimmy.

– È per affari, ma', disse Jimmy. – J. suona meglio. Non si è mai sentito un miliardario che si chiama Jimmy.

Le cose andavano a gonfie vele.

James Clifford aveva detto di sì. Un sacco di persone vennero a chiedere di J. Rabbitte durante il weekend. A Jimmy ne interessavano due: un batterista, Billy Mooney di Raheny, e Dean Fay di Coolock, che aveva un sassofono ma, come aveva ammesso lui stesso, stava appena imparando a 'farlo parlare'. Il lunedì venne altra gente, ma a Jimmy non piacque nessuno. Si fece dare i numeri di telefono e li buttò nella spazzatura.

Il suo giudizio si basava su una domanda: l'ispirazione.

– A chi ti ispiri?

– U2.

– Simple Minds.

– Led Zeppelin.

– Veramente nessuno.

Erano le risposte più comuni. Ma non erano quelle giuste.

– Jethro Tull e Bachman Turner Overdrive.

Jimmy gli sbatté la porta in faccia senza neanche sprecarsi a prendere il numero di telefono. A tre di loro non aprì nemmeno la porta. Gli era bastata un'occhiata dalla finestra della stanza dei genitori.

– A chi ti ispiri? aveva chiesto a Billy Mooney.

– A Animal, quello dei Muppets.

Dean Fay aveva detto Clarence Clemons e quel tizio dei Madness. Ce l'aveva da poco, il sax. Gliel'aveva dato suo zio, che non poteva più suonarlo perché aveva avuto un collasso.

Jimmy era in camera sua a cambiarsi le calze, martedì sera, quando entrò suo padre, Jimmy senior.

– Che fai, gli chiese Jimmy senior. – Ti sei messo a vendere droga o roba del genere?

– 100? NO, disse Jimmy.

– Allora che ci vengono a fare tutti 'sti coglioni a bussare alla porta?

– Sto facendo dei provini.

– Dei cosa?

– Pro-vi-ni. Vogliamo formare un gruppo... Una band.

– Chi, tu?

– Sì.

Jimmy senior scoppiò a ridere.

– E chi cazzo sei, Dickie Rock?

Fece per uscire, ma arrivato alla porta si voltò.

– C'è giù uno stronzetto in moto che chiede di te.

Quando Jimmy andò giù alla porta si accorse che suo padre aveva ragione. Era uno stronzetto e aveva la moto, una specie di catorcio. Ci stava appoggiato.

– Sì? disse Jimmy.

– Che Dio ti benedica, Fratello J. Rabbitte. Rispondo alla tua domanda su Hot Press: sì, ho il soul nell'anima.

– Eh?

– E non sono né un cafone né uno della zona sud.

– Sì, però hai l'età di mio padre, cazzo!

– Forse quello che dici è la verità, Fratello Rabbitte, ma ho sedici anni meno di B.B. King e sei meno di James Brown.

– Hai sentito parlare di James Brown...

– Ho suonato con lui.

– MA VAFFANCULO!

– A Leicester Mecca, nel '72. Fratello James mi chiamò in scena per Superbad. Non ero nella mia forma migliore, però, avevo preso un brutto raffreddore di testa.

Accarezzò la motocicletta.

– Ero arrivato da Holyhead sotto la pioggia. Non avevo il casco. Non avevo niente. Solo Gina.

– Chi è Gina?

– La mia tromba. Il mio maestro mi diceva sempre di immaginare che l'imboccatura fosse il capezzolo di una donna. Io ho scelto Gina Lollobrigida. Gran bella donna.

Guardò fisso Jimmy. Non aveva neanche l'ombra di un sorriso in faccia.

– Ti sarai già reso conto, Fratello Rabbitte, che è un consiglio assurdo, perché se fosse stato il capezzolo di Gina Lollobrigida l'avrei succhiato, invece di soffiarci dentro.

Jimmy non capiva bene che cosa stava succedendo. Cercò di riprendere il controllo della situazione.

– Come ti chiami, amico?

– Joseph Fagan, rispose l'uomo.

Era anche pelato, adesso che si era tolto il casco.

– Sì, Joey Labbra Fagan, disse.

– Eh... Come hai detto?

– Joey The Lips Fagan.

– E io sono Jimmy Coglioni Rabbitte.

– Io il soprannome me lo sono guadagnato suonando la tromba, Fratello Rabbitte. E tu come te lo sei guadagnato?

Jimmy gli puntò un dito addosso.

– Non fare tanto lo spiritoso con me, ragazzo.

– Io non faccio lo spiritoso con nessuno.

– E fai bene, cazzo. ... Vorresti davvero farmi credere di aver suonato con James Brown?

– Uno dei tanti, Fratello.

– Per esempio?

– Se non vai di fretta... Screaming Jay Hawkins, Big Joe

31

Turner, Martha Reeves, Sam Cooke, povero Sam, Sinatra. ... Mai più, quello è un criminale. ... Otis Redding, pace all'anima sua, Joe Tex, i Four Tops, Stevie Wonder, che allora era Little Stevie. Aveva appena undici anni. Un cucciolo. ... Vado avanti?

– Sì.

– Vediamo. ... Wilson Pickett, Jackie Wilson, Sam an' Dave, Eddie Floyd, Booker T. e gli MG, naturalmente, e Joe Tex.

– Questo l'hai già detto.

– Due volte. Mhm... un tipo diverso dagli altri, Jimi Hendrix. Però, se devo dire la verità, non credo che il povero Jimi si è accorto che c'ero. ... Bobby Bland, Isaac Hayes, Al Green.

– Cazzo, ti sei dato da fare.

– Quello che dici è la verità, Fratello Rabbitte. E non ho ancora finito. Blood, Sweat and Tears. I Tremeloes. Lo so, lo so, poi mi sono ravveduto. ... Peter Tosh, George Jones, gli Stranglers. Dei tipi a posto, sotto le giacche di pelle. Sono arrivato il giorno sbagliato per gli Stones. Con un giorno di ritardo. Se n'erano andati.

– Bel coglione che sei.

– Lo so. ... Basta così?... Ah, e i Beatles.

– I Beatles! fece Jimmy.

– Un gioco da ragazzi, e pagato bene, disse Joey The Lips. – ALL YOU NEED IS LOVE... DU DUH DU DUH DU.

– Eri tu quello?

– Certo che ero io, Fratello. Cinque sterline, tre scellini e sei pence. Un bel gruzzolo a quei tempi. ... Paul non mi andava giù, non lo sopportavo. Ero sul tetto per Let It Be. Ma mi tenni indietro. Non sono mai stato molto fotogenico, Fratello. Vengo malissimo in fotografia.

A questo punto Jimmy aveva cominciato a credergli, a Joey The Lips. Una domanda bisognava fargliela.

– Perché ti vorresti mettere con NOI?

– Sono stufo di girare il mondo, disse Joey The Lips.
– Sono tornato a casa. E la mia mamma non sta tanto bene.

Jimmy sapeva che era stupido e impertinente fargli la domanda che veniva dopo, ma gliela fece lo stesso.

– A chi ti ispiri?

– Io non mi ispiro a nessuno se non a Nostro Signore Iddio, disse Joey The Lips. – Il Signore suona la mia tromba.

– Ah, sì? disse Jimmy.

– E i muri crollano al suolo.

Joey The Lips spiegò: – Ho iniziato a girare forse nove, anzi dieci o undici anni fa con un gruppo che cantava il Vangelo, gli Alabama Angels, con Sorella Julie Bob Mahony. Mi hanno portato a Dio. Mi sono ravveduto, se proprio vuoi saperlo, Fratello Rabbitte. Ero un peccatore sul serio. Un uomo terribile. Ma il Signore non fa troppo il difficile, sai. Non fa storie per una bevuta di tanto in tanto, o qualche parolaccia. O anche una Sorella, se la si tratta con il dovuto rispetto.

Jimmy non sapeva cosa dire. Joey The Lips continuò.

– Il Signore mi ha detto di tornare a casa. A me l'ha detto Ed Winchell, un reverendo battista di Lenox Avenue a Harlem. Ma a lui gliel'ha detto il Signore di dirmelo. Mi ha detto che stava guardando la televisione, c'era una cosa sui Fratelli in lotta nell'Irlanda del Nord, quando il Signore gli ha detto che i Fratelli irlandesi non hanno il soul nell'anima, che hanno bisogno di soul. E subito, cazzo! E allora Ed mi ha detto di tornare in Irlanda a soffiare un po' di soul nell'anima dei Fratelli irlandesi. Con un po' di soul, magari la smettono di spararsi in culo a vicenda. Così ha detto Ed. Io non sono un battista, ma ho molto rispetto per il Reverendo Ed.

Jimmy continuava a non avere niente da dire.

– Mi prendi? chiese Joey The Lips.

– Come no, cazzo, disse Jimmy. – Certo che ti prendo, cazzo... Hai il telefono?

– Pronto, Gesù in linea, disse Joey The Lips, – ditegli tutto quello che volete. 463221.

Jimmy se lo scrisse.

– Ti telefono. Ti chiamo senz'altro. Voglio farti conoscere agli altri... devono vederti.

Joey The Lips salì in moto. Si era rimesso il casco.

– Tutti i figli di Dio hanno le ali, disse, e si avviò fuori dal cancello, lungo il viottolo e poi in strada.

Jimmy era felice. Adesso sapeva che sarebbe andato tutto bene. Erano nati i Commitments. C'era Joey The Lips Fagan con loro. E quell'uomo aveva tanto soul da bastare per tutti. Aveva perfino Dio dalla sua parte.

I Commitments usavano il garage della casa della madre di Joey The Lips, sia per riunirsi che per le prove. La casa era grande, su Howth Road, vicino a Killester, e anche il garage era grande.

Quando ci andarono la prima volta, Joey The Lips l'aveva riempito di sedie e tappeti. Si misero tutti seduti mentre Joey The Lips li contava, per calcolare le bustine per il tè.

– Vi piace forte il tè, Fratelli? chiese Joey.

Nessuno gli rispose, e allora lui mise quindici bustine nella teiera.

C'erano tutti, per la prima volta insieme.

Jimmy Rabbitte, manager.

Outspan Foster, chitarra.

Deco Cuffe, voce.

Derek Scully, basso. (Ne aveva comprato uno di quarta mano, che lui però credeva di seconda, per sessanta sterline. L'amplificatore e la cassa erano quaranta sterline extra, e si sentiva. Aveva fatto un patto con sua madre. Lei aveva pagato il basso e tutto il resto, e lui doveva pagare l'affitto dei video per i prossimi diciotto mesi. Mica scema la mamma di Derek.)

James Clifford, piano.
Billy Mooney, batteria.
Dean Fay, sassofono.
E Joey The Lips.

Era la prima volta che gli altri vedevano Joey The Lips, e non erano troppo soddisfatti. Dall'aspetto sembrava un vecchio, poteva essere uno dei loro padri; piccolo, grasso, pelato, faceva il tè. Aveva perfino su le pantofole di pelo a scacchi. Una cosa lo distingueva, però. Aveva la maglietta della campagna elettorale di Jesse Jackson.

– È tutta qui la band, Fratello Jimmy? chiese Joey The Lips. Stava passando in giro le tazze.

– Tutta qui, disse Jimmy.

– E che cosa state ascoltando?... Uno me l'hai già detto: James Brown, il mio preferito, vero?

– Sì, rispose Jimmy. – Vogliamo fare Night Train.

– M'interessa quello che dici. ... Che altro?

– Eddie Floyd. Knock On Wood.

– Mhhh.

– Percy Sledge, disse Jimmy.

– When a Man Loves a Woman?

– Sì.

– Splendido.

– Per il momento è tutto, veramente, disse Jimmy.

– Un buon inizio, disse Joey The Lips. – Ho qui dei biscotti Jaffa, Fratelli. Cibo per l'anima.

Quando gli sentirono dire così, cominciarono a tollerarlo. Quando tirò fuori la tromba e suonò Moon River lo adorarono. Jimmy era andato avanti a menarla, non la smetteva più di parlare di questo genio, ma adesso lo sapevano anche gli altri. Erano nati i Commitments.

Dopo le congratulazioni a Joey The Lips (– Bravo, signor Fagan.

– Bravo da morire.

– Mi chiamo Joey, Fratelli.), Jimmy fece un annuncio.

– Sto organizzando un gruppo vocale di appoggio.

– Chi?

– Tre ragazze.

– Ragazze... Caspita!

– Sono rosse e vogliose, Jimmy? chiese Joey The Lips.

Gli altri lo fissarono.

– Ci puoi contare, cazzo, disse Jimmy.

– Chi sono? chiese Outspan.

– Te la ricordi Tracie Quirk?

– Ma cazzo, è sposata!

– Non lei, fece Jimmy. – Sua sorella.

– Quale? chiese Derek.

– Imelda.

– Qual è Imelda? Ah, sì, aspetta... Cristo, LEI! Che
meraviglia, cazzo.

– Qual è Imelda? chiese Outspan.

– La conosci anche tu, disse Derek. – Cazzo se la conosci. Piccolina, con due tette fantastiche. Capelli lunghi, neri,
davanti agli occhi.

– Lei!

– Cazzo, che meraviglia, fece Derek. – Quanti anni ha?

– Diciotto.

– Abita vicino a te, James.

– Sì, credo di sì, disse James.

– Canta bene?

– Non ne ho la minima idea, disse Jimmy.

– E le altre due chi sono? chiese Deco.

– Delle sue amiche.

– Sei un ottimo manager, Fratello, fece Joey The Lips.

– Saranno vestite di nero?

– Be'... sì ... direi di sì.

– Bene bene.

Il tempo volò per i Commitments.

Quelli che stavano ancora imparando a suonare migliorarono. Quelli già pronti furono pazienti. Non ci furono prove di gruppo. Jimmy era stato categorico. Prima dovevano essere pronti.

Derek si era consumato le dita. Ci dava dentro sulle corde, ci provava gusto. – Devi fare così, gli aveva detto Jimmy. Derek si era reso conto che bastava concentrarsi su una corda sola. Per compensare la mancanza di varietà bastava colpirla più spesso, continuando a togliere e rimettere la mano sul manico, per dare l'impressione di essere impegnati in un pezzo complicato. Teneva il basso molto giù, come gli Stranglers, gli arrivava quasi alle ginocchia. Così non doveva nemmeno piegare le braccia.

Anche Outspan migliorò. Niente chitarra solista, aveva detto Jimmy, e ad Outspan stava benissimo. Jimmy gli diede delle raccolte dei Motown da ascoltare. I cambi di corda erano rari. Si trattava solo di sciogliersi abbastanza da seguire il ritmo.

Outspan era molto in difficoltà quando provava a schitarrare al ritmo dei Motown, su nella sua stanza. Ma appena smise di guardarsi allo specchio si sciolse. Faceva l'accompagnamento ai dischi, soprattutto quelli delle Supremes. Era facile, una volta preso lo slancio.

Poi cominciò a usare di nuovo lo specchio. Era entusiasta. La mano col plettro ballava. Qualche volta andava così veloce che non riusciva nemmeno a vederla. La mano era perfetta. Il braccio quasi non si muoveva, era tutto lavoro di polso. Teneva la chitarra alta sul petto.

Metteva dei soldi da parte, quando poteva. Non aveva un lavoro, ma il sabato mattina girava porta a porta per Barrytown, a vendere i polli surgelati che suo cugino riusciva sempre a rubare da H. Williams il venerdì sera. Così riusciva a mettere via un biglietto da dieci la settimana, come minimo. Dava anche una mano al suo vicino, il signor Hurley, che aveva un traffico di videocassette. Si trattava di tenersi circa duecento cassette sotto il letto e poi, due volte

37

la settimana, andare in giro in macchina per il quartiere a distribuirle, per un paio d'ore, mentre il signor Hurley prendeva i soldi. Poi, senza motivo, sua madre gli diede quasi tutti i soldi avanzati dalle spese del mese. Gli venne da piangere.

Adesso aveva 145 sterline. Con quelle si procurò una chitarra elettrica di terza mano (di una marca da tempo dimenticata) e un amplificatore e una cassa molto scadenti. Da allora in poi non ci fu verso di tenerlo lontano dallo specchio.

La mamma di Deco era preoccupata per lui. Mentre faceva colazione si metteva improvvisamente a strillare Good God Y'Awl oppure Take It To The Bridge Now, o cose del genere. Deco era a dieta stretta di soul: James Brown, Otis Redding, Smokey Robinson e Marvin Gaye. James per i ruggiti, Otis per i gemiti, Smokey per i sospiri e Marvin per il tutto messo insieme, aveva detto Jimmy.

Deco cantava, strillava, ruggiva, gemeva e sospirava insieme alle cassette che gli aveva dato Jimmy. Si scoglionava la gola ogni sera. Quando arrivava alla fine di Tracks of My Tears, era come se qualcuno gliela stesse squarciando dal di dentro. Gli piaceva I Heard It through the Grapevine perché, quando le donne cantavano I HEARD IT THROUGH THE GRAPEVINE NOT MUCH LONGER WOULD YOU BE MY BABY, aveva un attimo per bagnarsi la gola che gli bruciava. Cercare di imitare Marvin Gaye era come farsi venire il mal di gola e poi strofinarci su qualcosa per peggiorare la situazione.

Però non si arrese. Stava migliorando. Gli sembrava più facile. Sentiva che la gola gli si stava allentando, ci metteva più tempo a seccarsi. Aveva imparato a respirare facendo venire l'aria su dal basso. Quando aveva bisogno di riposarsi, metteva Otis Redding e cantava My Girl con lui. Finiva ogni volta con James Brown. Poi si stendeva sul letto fino a quando non smetteva di colargli il naso. Se provava a chiudere gli occhi, tutta la stanza gli girava intorno. Deco stava prendendo le cose molto sul serio.

Faceva tutte le prove in piedi davanti allo specchio dell'armadio. Doveva guardarsi mentre cantava, gli aveva detto Jimmy. Doveva far finta di avere un microfono. All'inizio saltava per la stanza, ma era una tale fatica, e poi sua madre si spaventava. Jimmy gli fece vedere una breve cassetta di James Brown che faceva Papa's Got a Brand New Bag. Non poteva provare la scivolata di James sulla moquette della camera da letto, e allora si esercitava sul linoleum della cucina quando tutti erano andati a letto.

Vide come faceva James Brown quando si metteva in ginocchio. Invece di tirarsi su i pantaloni e inginocchiarsi, lui andava giù di scatto. Deco ci provò. Ruggì SOMETIMES I FEEL SO GOOD I WANNA JUMP BACK AND KISS MYSELF, puntò le ginocchia dritte verso il pavimento e si lasciò andare.

Per un po' non riuscì ad alzarsi. Pensava di essersi scassato le ginocchia. Jimmy gli aveva detto che spesso i pantaloni di James Brown erano zuppi di sangue dopo un concerto. Col cazzo che lo sarebbero stati anche i suoi.

Quanto a suonare il piano, James Clifford non aveva niente da imparare. Jimmy gli stava facendo ascoltare Little Richard. Gli fece battere i tasti coi gomiti, i pugni, i talloni. James era uno studente di medicina del terzo anno, quindi era in grado di dire a Jimmy il termine esatto per tutte le parti del corpo con cui colpiva il piano. E sapeva perfino spiegargli che lesioni si procurava. Con la fronte però si rifiutò. Jimmy non riuscì a persuaderlo a dare un bel colpo di testa sul piano di tanto in tanto. Rischiava troppo. Oltretutto, portava gli occhiali.

Joey The Lips aiutava Dean Fay.

– Amico mio, quest'ancia è il capezzolo di una bella signora.

Per giorni Dean arrossì ogni volta che bagnava l'ancia e ci stringeva attorno le labbra.

– Pensa a qualcuna in particolare, a una donna vera.

Dean scelse una ragazza che abitava di fronte. Era in classe di suo fratello, in terza, e veniva sempre a farsi prestare i libri o a copiare i compiti. Ma non funzionò. Dean non riusciva ad andare avanti. Quella ragazza era troppo vera. Allora l'ancia del sassofono diventò uno dei capezzoli di Madonna e Dean cominciò a fare qualche progresso.

Joey The Lips era un ottimo maestro. Aveva molta pazienza, e ce n'era bisogno. Perfino la mamma di Joey, che era completamente sorda, sentiva il rumore che faceva Dean dall'altro lato della casa.

Dopo tre settimane riuscì a suonare tre note di fila, senza fermarsi, e a tenere le note brevi. Quelle lunghe andavano per conto loro. Joey The Lips suonava con lui, come un istruttore di guida. Solo una volta alzò la voce, e fu veramente un grido di dolore e di paura, quando Dean, arretrando, andò a sbattergli addosso mentre Joey The Lips aveva ancora la tromba in bocca.

Billy Mooney ci dava dentro alla batteria. Suo padre era morto e i suoi fratelli erano molto più giovani di lui, quindi a casa non c'era nessuno che gli dicesse di piantarla con quelle cazzate.

Jimmy gli disse di non preoccuparsi troppo dei piatti e di usare anche l'impugnatura, non solo le punte delle bacchette. Quello che ci voleva era un ritmo semplice e regolare, che Jimmy chiamava un battito di sottofondo. A Billy andava benissimo così. Gli sarebbero bastati un coperchio e un martello. Che erano le cose che usava per suonare quando andava dietro a Dancing in the Streets. Non era esattamente un coperchio, ma un vassoio di latta con su un cavallo. Il cavallo si era consumato dopo due giorni.

Le tre vocaliste di appoggio, le Commitmentettes, ascoltavano le Supremes, Martha e le Vandellas, le Ronettes, le Crystals e le Shangri-la. Le Commitmentettes erano Imelda Quirk e le sue amiche Natalie Murphy e Bernie McLoughlin.

– Il modo in cui vi muovete, capito... è più importante di come cantate, gli diceva Jimmy.

– Porco bastardo che non sei altro.

Imelda, Natalie e Bernie sapevano anche cantare, però. Quando andavano a scuola facevano parte del coro della messa folk, ma quello non era cantare, adesso se ne rendevano conto. Jimmy diceva che la vera musica era il sesso. Loro gli dicevano che era un porco ma cominciavano a essere d'accordo con lui. E non c'era molto sesso, negli inni come Morning Has Broken o The Lord Is My Shepherd.

Adesso cantavano Stop in the Name of Love e Walking in the Rain e si divertivano.

Le loro voci suonavano bene insieme, secondo loro, e allora Jimmy le registrò. Arrossirono dalla vergogna. Era una cosa tremenda.

– È perché usate il naso invece della bocca, disse Jimmy.

– Vaffanculo tu, piantala con gli insulti, gli rispose Imelda.

– Ma è così, date retta a me. E dovete anche stare attente alla pronuncia. Si dice Walking in the Rain e non Wokin in de Rayen.

– Quante storie!

Si registrarono e ascoltarono. E le loro voci migliorarono, divennero più dolci e più chiare. Natalie sapeva anche ruggire e urlare. Si scrissero le parole e cominciarono a cantare da sole, senza i dischi. Però lo facevano solo quando una delle loro càse era libera.

Si muovevano insieme, guardando in giù, per controllare che i piedi andassero dalla parte giusta. Dopo un po' non ci fu più bisogno di guardare. Sculettavano davanti allo specchio e scoppiavano a ridere. Ma andarono avanti a farlo.

41

Jimmy li riuniva tutti regolarmente un paio di volte la settimana, li chiamava a rapporto. Poi, sempre nel garage della madre di Joey The Lips, gli faceva un discorso. Le lezioni di Jimmy piacevano a tutti. Anche a Jimmy.

Più che delle lezioni, erano dei gruppi di lavoro.

– Il soul è un'arma a doppio taglio, ragazzi, disse una volta.

Joey The Lips annuì.

– Da un lato c'è l'evasione.

– E che cos'è?

– Divertirsi. ... Lasciarsi andare. Lontano da tutto. ... Capito cosa voglio dire?

– Sì, dai!

Jimmy andò avanti: – E qual è il miglior tipo di evasione, Imelda?

– So già quello che stai per dire.

– Direi che una tonificante passeggiata in riva al mare sia una forma di evasione più che accettabile, fece James Clifford.

Gli altri risero.

– E dopo? chiese Jimmy.

– Dipende da che parte te la sei fatta, questa passeggiata tonificante.

– Perché?

– Be', se vai verso la spiaggia di Dollymount puoi arrivare fino in fondo e farti una scopata tra le dune... È qui che volevi arrivare, vero?... Come al solito.

– Proprio così, disse Jimmy. – Il soul è divertirsi.

– Non c'è niente di divertente a riempirsi la mazza di sabbia, fece Outspan.

Tutti risero.

– Il ritmo del soul è quello della scopata, disse Jimmy. – Il ritmo della scopata è quello del soul.

– Sei un porco bastardo, disse Natalie.

– Quello che conta nella vita non è soltanto trovarsi una figa, Jimmy, disse Derek.

– Senti che roba.

– State a sentire. Non c'è niente di sporco in tutto questo, Natalie, disse Jimmy. – Anzi, è una cosa sana e pulita.

– Perché, ti sembra sano riempirsi la mazza di sabbia?

– È che vi piace dire porcherie e basta, disse Natalie.

– Natalie... Natalie... Natalie, disse Jimmy. – È deprimente sentire una ragazza giovane come te parlare in questo modo.

– Le porcherie sono porcherie, disse Natalie.

– Grazie al cielo, fece Billy Mooney. – Grazie al cielo.

– Il soul è sesso, ricapitolò Jimmy.

– Bravo, Jimmy, disse Deco.

– Imelda, se ne uscì Jimmy. – Tu che sei una donna di mondo...

– Non rispondergli, Imelda, fece Bernie.

Jimmy andò avanti. – Ne hai avuti di rapporti sessuali, vero?

– Cristo! Rabbitte!

– Ma certo, figuriamoci, una ragazza così carina.

– Non rispondergli.

Ma Imelda voleva rispondergli.

– Be', sì... sì, mi è capitato... E con questo?

Ci furono delle grida di entusiasmo e qualcuno arrossì.

– E magari era una di quelle cose di gruppo, Imelda? chiese Outspan. – Ne parlavano in un programma su Channel 4. Roba da morire, a sentirli.

Derek guardò Imelda.

– Dici sul serio?

Imelda l'aveva deluso.

Deco mise una mano sulla spalla di Imelda.

– Potremmo fare della bellissima musica insieme, tesoro.

43

– Se ti avvicini ti stacco i coglioni a morsi, stronzo brufoloso.

Ci furono delle grida di entusiasmo.

Imelda scostò la spalla dalle dita di Deco.

– Potrei provarci gusto, fece Deco.

– E mi ci faccio un paio di orecchini, disse Imelda.

– Sei peggio di loro, Imelda, disse Bernie.

– Ma vaffanculo, Bernie, va'.

– Non avevamo detto che erano vietati gli insulti perso-
nali? fece Jimmy. – Chiedigli scusa.

– No, dai, non importa.

– Sì, invece.

– ... Scusa.

– Certo.

– Brufoloso.

– Ah, ma insomma!

Deco acchiappò Imelda per le spalle. Bernie si alzò di
scatto e lo afferrò per le orecchie.

– EHI, TU, toglile le mani di dosso.

– Se posso darti un consiglio, disse James, – e te lo dice
uno che porta gli occhiali, faresti meglio a seguire le istru-
zioni di Bernie. Un giorno magari anche tu dovrai metterti
gli occhiali, e ti sarà molto utile avere un paio di orecchie
che funzionano.

– E questo te l'ha consigliato il dottore, ricordatelo.

Deco accettò il consiglio. Bernie gli restituì le orecchie.
Imelda gli soffiò un bacio e gli fece un gestaccio con le
dita.

– E allora, Imelda, disse Jimmy, – ti è piaciuta, la cosa?

– Abbastanza, rispose Imelda.

Altre grida di entusiasmo e facce rosse.

– Questa signora è la regina del soul, fece Joey The Lips.

– E tu sei la regina di che cosa? gli rispose Imelda.

– Allora sei d'accordo con noi? chiese Jimmy a Imelda.

– È solo musica, disse Imelda.

– Ma no, Imelda. Il soul non è solo musica. Il soul...
– Per i neri è diverso, Jimmy. Loro ce l'hanno più grosso di noi l'uccello.
– Parla per te, amico.
– Va' avanti, Jimmy. ... Almeno sappiamo che Imelda ci sta.
– Ma vaffanculo, disse Imelda, però sorrideva.
Sorrisero tutti.
– Hai parlato di un'arma a doppio taglio, disse James.
– Scommetto che anche dall'altro lato c'è il sesso, disse Derek.
– Se è dall'altro lato è roba da finocchi, fece Outspan.
– Be', allora io me ne torno a casa, se è così, disse Dean.
– Fratelli, Sorelle, intervenne Joey The Lips. – Lasciate parlare Fratello Jimmy. Dicci qual è l'altro lato, Jimmy.
Tacquero tutti.
– Da una parte c'è il sesso, d'accordo, disse Jimmy. – E dall'altra... la RIVOLUZIONE!
Grida di entusiasmo e pugni chiusi.
Jimmy continuò.
– Il soul è la politica della gente.
– IUHU!
– Bravo, Jimmy.
– Della nostra gente. ... Il soul è il ritmo del sesso. E poi è anche il ritmo della fabbrica. Il ritmo dei lavoratori. Sesso e fabbrica.
– Non la fabbrica dove lavoro io, disse Natalie. – Non c'entra niente il ritmo, quando uno pulisce il pesce.
Le risate le fecero piacere.
– Il merluzzo musicale.
– ... L'aringa armoniosa.
– Johnny Ray, disse Dean, e poi lanciò un urlo: – JOHNNY RAY!
– Okay... Calma adesso, disse Jimmy.
– Lo sgombro schifoso, fece Deco.

45

– ... La politica. La politica dei partiti, disse Jimmy,
– non significa un cazzo per chi lavora. Niente. ... Zero
assoluto. Il soul è la politica della gente.
– Perché non riattacchi a parlare di scopate, Jimmy? Stai
diventando noioso.
– La politica... le scopate, rispose Jimmy. – Sono la stessa
cosa.
– Fratello Jimmy dice la verità, disse Joey The Lips.
– Sì, parla col culo.
– Il soul è dinamico. E lo siete anche voi. Non può essere
catturato. Non può essere incatenato. Hanno messo in ca-
tene gli schiavi neri, ma non la loro anima.
– Cazzo, però non era con l'anima che raccoglievano il
cotone, ti pare?
– Già, non ci avevo pensato.
– Vaffanculo, per favore... Il soul è il ritmo della gente,
disse di nuovo Jimmy. – Il partito laburista non ha soul
nell'anima. E nemmeno quegli stronzi del Fianna Fail. Il
partito dei lavoratori non ha soul. Il popolo irlandese...
anzi, il popolo di Dublino, chi se ne fotte del resto... il
popolo di Dublino, ricordatevene, il nostro popolo, ha bisogno di soul. E noi ce l'abbiamo il soul.
– Cazzo, se ce l'abbiamo.
– Siamo i Commitments, ragazzi. Ce l'abbiamo, noi... Il
soul. Come ha detto Dio al Reverendo Ed...
– Ah, vaffanculo.

Adoravano i discorsi di Jimmy. E anche i suoi annunci sulla
linea di condotta non erano niente male.
– Che cos'hai in mente? gli chiese Derek dopo uno di
questi annunci.
– Lo smoking, disse Jimmy.
– Non se ne parla nemmeno, Rabbitte.
– Se ne parla e come.
– Col cazzo, Jim. Nemmeno per sogno.

– Io me lo sono messo alla festa della mia ragazza, disse Billy. – Roba da idioti. Le maniche erano troppo lunghe, cazzo, i pantaloni troppo corti, con una striscia del cazzo che andava in giù...

– Io ho vomitato sul mio alla nostra festa, ti ricordi? disse Outspan.

– E anche sul mio, gli ricordò Derek.

– Ah, cazzo! fece Dean. – Mi viene in mente adesso. ... Mi sono dimenticato di riportare indietro il mio. Ce l'ho ancora sotto il letto.

– Quand'è che te lo sei messo? gli chiese Bernie.

– A una festa due anni fa, rispose Dean.

Attaccarono tutti a ridere.

– Sai quanto ti costa adesso, disse Outspan.

– Meglio lasciarlo dov'è, allora.

– Jimmy, disse James, – pretendi sul serio di farci vestire tutti da pinguini, in smoking?

– Sì. ... Perché no?

– Ma va' a cacare, va', gli fece Billy.

– Ben detto.

– Dovete fare bella figura, disse Jimmy. – Essere a posto... dignitosi.

– Ma che cazzo c'è di dignitoso a vestirsi come un cristo di pinguino? chiese Outspan.

– Sai che vergogna, disse Derek.

Deco non disse niente. L'idea gli piaceva.

– Fratelli, Sorelle, disse Joey The Lips. – Sappiamo che il soul è sesso, vero? E che il soul è rivoluzione. Adesso il soul è... dignità.

– Questo non lo capisco, disse Dean.

– ... Il soul è tirarsi su, il soul è darsi una ripulita, il soul è...

– Ma che cazzo stai dicendo?

– È molto semplice, Fratelli... Il soul è dignità... dignità. La dignità è rispetto... Rispetto di sé. Dignità è orgoglio. Dignità è fiducia in sé. Dignità è affermazione dei propri diritti. (L'indice proteso di Joey The Lips si muoveva a tempo con le cose che stava dicendo. Gli altri lo guardavano fisso.) – Dignità è integrità. Dignità è eleganza. Dignità è stile.

Il dito si fermò.

– Fratelli e Sorelle... Dignità è il vestito... Lo smoking.

– Dignità 'nculo... Joey.

– Dignità è mettersi in pantofole e maglietta.

– Ah, lasciate stare Joey, disse Natalie.

Joey The Lips rise con gli altri.

Poi Jimmy passò in giro delle fotocopie di una foto di Marvin Gaye in smoking. Questo li fece stare zitti per un po'.

– ... È una meraviglia, eh? disse Imelda.

– Sì, disse Natalie.

Joey The Lips alzò lo sguardo dalla sua copia.

– È lì che vi guarda dall'alto, Fratelli.

– Be', disse Jimmy quando ognuno ne ebbe una copia. – Che c'è che non va?

– Niente.

– Sta benissimo, vero?

– ... Sì.

– Li prendiamo di buona qualità. Fatti su misura. ... D'accordo?

Outspan alzò lo sguardo.

– D'accordo.

Una delle serate migliori fu quella in cui Jimmy assegnò i nomi d'arte.

– Ma perché, cosa c'è che non va nei nostri nomi normali? voleva sapere Dean.

– Niente, Dean, disse Jimmy. – Proprio niente.

– Be', allora?

– Guarda, disse Jimmy. – Prendiamo Joey. Si chiama Joey Fagan, va bene?... Un Joey Fagan qualunque. Un coglione come tutti gli altri.

– Sì, sì, Fratello, disse Joey The Lips. – Un cristo qualunque, come tutti gli altri.

– Quando va in scena però diventa Joey The Lips Fagan.

– E allora?

– Non è più uno qualunque, quando è lì. È speciale. ... Gli serve un altro nome.

– Il soul è dignità, ricordò agli altri Joey The Lips.

– Che cazzo c'è di dignitoso in un nome da idiota come Lips?

– Mi ferisci al cuore, disse Joey The Lips.

– Scusa, Joey. Senza offesa.

Joey The Lips sorrise.

– Fa parte dell'immagine, disse Jimmy. – Per esempio, James Brown è il Padrino del soul.

– Però si chiama sempre James Brown e basta.

– Qualche volta si chiama James Mr Please Please Please Brown.

– Ah, sì? disse Outspan. – Mi sembra un nome idiota però, vero?

– I nostri non lo saranno, disse Jimmy.

Tirò fuori il suo quadernetto.

– Ci ho pensato su.

– Oh, cazzo!

– State a sentire... Allora, abbiamo già Joey The Lips Fagan, che sarebbe a dire Joey Labbra, d'accordo? Poi... James, tu sarai James The Soul Surgeon Clifford, il Chirurgo dell'Anima.

Ci furono grida di entusiasmo e un breve applauso.

– Che te ne pare? gli chiese Jimmy.

– Mi piace, rispose James.

Gli piaceva eccome. Era entusiasta.

– Il chirurgo del soul che fa i trapianti al vecchio pianoforte, disse.

– Perfetto, disse Jimmy. – È proprio quello che ci vuole. Ogni membro del gruppo avrà la sua personalità.

– Va' avanti, Jimmy.

Cominciavano a entusiasmarsi.

– Derek.

– Sì, Jimmy?

– Tu sarai Derek The Meatman Scully, il Carnalone.

Gli altri risero.

– Che cazzo vuol dire? chiese Derek.

Ci era rimasto male.

– Cazzo, mi stai pigliando per il culo?

– Tu fai il macellaio, gli disse Jimmy.

– Lo so, cazzo, che faccio il macellaio.

– Suoni il basso come un macellaio, disse Jimmy.

– Grazie stronzo!

– Ma è un complimento, è un complimento. ... Sei quello che tiene in mano l'ascia... capito cosa voglio dire?

– Ti ci stacco i coglioni con l'ascia, se non mi trovi un altro nome.

– Calma... Questo ti piacerà... Lo sai che cos'è la carne, in America?

– Lo stesso che da noi.

– Solo che ce n'è di più.

– No, sta' a sentire, disse Jimmy. – La carne in gergo è la nerchia.

Ci furono grida ed esclamazioni di approvazione.

– Che schifo, cazzo, disse Natalie.

– Aspetta un attimo, disse Derek. – Per dire nerchiuto in America si dice carnale?

– Già.

– E perché non può chiamarsi Nerchiuto allora?

– O Testa di Cazzo, disse Deco.

– Vaffanculo, gli rispose Derek.

Non era per niente contento.

– Statemi a sentire, disse. Non era facile ammetterlo, specialmente davanti alle ragazze. – La mia nerchia non è niente di speciale.

– IUHHUU, DEREK!

– Su, dai, Derek, amico mio!

– Un po' di calma, Fratelli, per favore, disse Joey The Lips.

– È l'immagine che conta, disse Jimmy. – E poi tanto non lo saprà nessuno che cosa significa, finché non sfondiamo in America.

– È un bel nome, disse Joey The Lips. – Deve esserci un Carnalone in ogni band.

– ... Mah, non so, disse Derek. – Mia madre mi uccide se sa che mi chiamo come la mia mazza.

– E come fa a saperlo?

– Glielo dico io, disse Outspan.

– Vaffanculo.

– Bene, disse Jimmy. – Andiamo avanti... Deco.

– Posso fare il Carnalone anch'io, Jimmy?

– No, disse Jimmy. – Tu sei Declan Blanketman Cuffe, l'Uomo della Coperta. Come quei prigionieri politici, sai.

– Grande nome, disse Outspan.

– Il sesso e la politica, disse Jimmy. – Che ne pensi, Deco?

– Va bene, disse Deco.

– Billy...

– Dimmi tutto.

– Billy The Animal Mooney.

– Roba da morire! Animale... Grazie, Jimmy.

– Non c'è di che. ... Okay, passiamo a Dean. ... Dean.

Dean si tirò su.

– Tu sei Dean Good Times Fay, quello che si diverte.

Grida di entusiasmo.

– Benissimo, disse Dean.

– E noi? chiese Imelda.

– Aspetta, le disse Jimmy. – ... Outspan, non possiamo chiamarti Outspan.

– Perché no?

– È razzista.

– COSA?!

51

– È razzista. ... Sono arance sudafricane.

– È una cosa assurda, cazzo, Jimmy, disse Billy.

– Ma Cristo, se mi chiamo così, disse Outspan.

– Non è il tuo vero nome, però.

– Perfino la mia vecchia mi chiama Outspan.

– Quando mai, fece Derek.

– Vaffanculo tu: guarda che ti faccio a pezzi!

– Ho visto una cosa alla televisione, disse Dean. – Diceva che le arance le fanno raccogliere ai carcerati neri.

– Io non faccio raccogliere niente a nessuno, cazzo! disse Outspan.

– Per il soul non conta il colore della pelle, Fratelli e Sorelle, disse Joey The Lips.

– Non mi piacciono nemmeno, le arance, disse Outspan.

– ... I mandarini sì però, quelli sono buoni.

– Il soul le mangia le arance, Joey?

– Lascia in pace Joey, faccia di cazzo, disse Jimmy. – Sta a sentire... ti chiami Liam, vero?

– Questo lo so, cazzo, ma grazie lo stesso, disse Outspan.

– Non è un nome molto ricco di soul.

– Ah, ma che cazzo! Adesso non va bene neanche il mio nome vero.

– Sta' zitto un attimo. ... Qual è il tuo secondo nome?

– Come sarebbe a dire?

– Io mi chiamo James Anthony Rabbitte. E tu?

– Liam, disse Outspan. Arrossì. – ... Terence Foster.

– Salve, Terence, lo salutò Imelda con un gesto della mano.

Stava per dirle di andare affanculo, ma non lo fece perché gli piaceva.

(Oltre a Jimmy, Derek, Deco, Billy, James e Dean, anche Outspan era innamorato di Imelda.)

– Bene, disse Jimmy. – Allora ti chiami L. Terence Foster... Sentilo, disse Jimmy. – È grande. L. Terence Foster, L. Terence Foster. Suona benissimo, eh?

– Da morire, cazzo, disse Derek. – Molto meglio di Meatman.

– Facciamo a cambio, disse Outspan.

– Non se ne parla nemmeno, disse Jimmy.

– E noi? disse Bernie.

– Eccomi, disse Jimmy. – Siete pronte, ragazze?... Siete... Sonya, Sofia e Tanya, le Commitmentettes.

Le ragazze urlarono e poi risero.

– Io mi becco Sonya, disse Imelda.

– Io sono Sofia allora, disse Natalie. – Come Sofia Loren.

– Con un davanzale come quello?

– Ma vaffanculo, va'.

– A culo stai bene però, Natalie.

– Vaffanculo.

– E io? disse Bernie.

Si era dimenticata l'ultimo nome.

– Tu ti chiami Fido, le disse Deco.

– Ma perché non vai affanculo? gli rispose Natalie.

– Vacci tu, le rispose Deco.

Natalie gli sputò in faccia.

– Ehi! Basta, smettetela, disse Jimmy.

– Così magari ti attacco l'AIDS, gli fece Natalie.

Deco lasciò perdere perché era innamorato anche di Natalie.

– Tu sei Tanya, Bernie, disse Jimmy.

– Perché non posso essere Bernie?

– È una questione di immagine, Bernie.

– Resterai sempre Bernie per noi, Bernie, disse James.

– Se devo dire la verità, Jimmy, disse Joey The Lips, – sei proprio un manager con la testa sulle spalle.

– Grazie, Joey, disse Jimmy.

– Fratelli, Sorelle, disse Joey The Lips. – Vi invito a battere le mani per dimostrare il vostro apprezzamento al Fratello James Anthony Rabbitte.

Applaudirono, tutti.

Poi, dopo mesi, furono pronti per le prove. Joey The Lips tolse di mezzo alcune sedie, per fare spazio in garage. Avevano sistemato gli amplificatori, le casse, i microfoni e il piano verticale della mamma di Joey The Lips.

Si guardavano intorno eccitati, però allo stesso tempo si sentivano un po' stupidi, imbarazzati e impauriti.

Joey The Lips andava in giro ad accordare gli strumenti. Aggrottava le sopracciglia, girava le manopole, provava di nuovo, annuiva e passava a quello dopo. Gli altri erano colpiti. Ecco uno che ci sapeva fare.

Jimmy si sentiva perso. Non aveva idea di come iniziare le prove.

Pensò a tutto Joey The Lips.

– Fratelli, Sorelle. Ringrazio il Signore Gesù per averci dato questo giorno.

– Vaffanculo, Joey.

– Ma che cazzo dici!

– Cominciamo con qualcosa di facile. La sapete tutti What Becomes of the Broken Hearted?

– Ma certo, Mastro Joey, sì capo.

– Iuhuu!

Joey The Lips mise su la cassetta. Tutti ascoltarono Jimmy Ruffin, terrorizzati. Non ce l'avrebbero mai fatta a fare una cosa del genere. Solo Deco pensava di poter fare di meglio.

Joey The Lips tolse la cassetta.

– Bene, Sorelle, sentiamo gli Uuh Uuh Uuh all'inizio.

– Dio, mi vergogno da morire, fece Imelda.

– Fratello James, ti dispiace dare il via alle ragazze?

– Certo Joseph, disse James.

Per quattro volte James provò a dare il via alle ragazze, ma loro non riuscivano a stargli dietro.

– Ci guardano tutti, disse Bernie.

– Dai, sbrigatevi, per Dio, disse Deco.

– No, Declan, gli disse Joey The Lips. – Non abbiamo nessuna fretta. Roma non fu fatta in un giorno.

– Dublino sì, però.

– Cazzo, in un'ora, direi.

Stavolta le ragazze seguirono James.

– UUH – UUH – UUH

Tremavano. Tutti sentirono il tremolio nelle loro voci, ma loro andarono avanti senza guardare nessuno.

– UUH – UUH – UUH –

     – UUH – UUH – UUH.

– Siete state fantastiche, signore, disse Joey The Lips.

– Le Commitmentettes.

– Bravissime, ragazze, disse Jimmy.

– Adesso, disse Joey The Lips, – sentiamo subito il Blanketman.

Deco si era scritto le parole su un foglietto di carta. James fece donk donk donk, le ragazze fecero UUH UUH UUH e poi Deco prese in mano il microfono e cantò. E cantò bene.

– AS I WALK THIS LAND

OF BROKE –

    EN DREE – EE – EAMS –

Deco alzava la voce su alcune parole, poi la riabbassava di nuovo. Si fermava appena prima di dire una parola (– THIS) e poi se la faceva uscire di scatto. Si dava dei colpi sulla coscia e batteva il tallone del piede destro.

– I HAVE VISIONS OF MANY THING –

      INGS.

– Sorelle, gridò Joey The Lips.

– Cosa? disse Natalie.

– Dovete attaccare qui, okay?

  – Come?

Joey The Lips cantò: – ... OF MANY THING – INGS. Dopo che Declan ha cantato questo pezzo, d'accordo?... Bene, Fratello Deco. ... I have visions.

– I HAVE VISIONS OF MANY THING –
INGS.
– Sorelle!
– OF MANY THINGINGS, cantarono le ragazze.
– Bene, benissimo.
– BUT... HAPPINESS IS JUST AN ILLUSION...
– Sorelle!
– JUST AN ILLUSION...
– Molto bene.
– FILLED WITH SADNESS AND CONFUSION –
– Stategli dietro, ragazze.
– WHAT BECOMES OF THE BROKEN HEARTED –
WHO –
HAVE LOVES THAT ARE NOW DEPAR – TED –
I KNOW I'VE GOT TO FIND –
SOME KIND OF PEACE OF MIND –
BAY –
BEE.
– Via, ragazze.
– UUH – EEE – UUH.
– Stupendo! urlò Joey The Lips.
E diceva sul serio. Era stata una cosa penosa, ma almeno era un inizio. Joey The Lips ci credeva, agli inizi. Se c'era l'inizio il resto era inevitabile. Ci pensava il Signore.

Andarono avanti fino alle tre del mattino, concentrandosi sulla stessa canzone.

Ci furono dei problemi. Joey The Lips passò mezza serata a girare manopole e a gridare agli altri di starsene lontano dagli amplificatori. Dalle casse venivano fuori stridii, boati e lamenti.

Billy andava troppo veloce alla batteria. Alle dodici e mezza gli altri si resero conto che faceva tutto a casaccio. Jimmy intervenne e gli disse il fatto suo in poche parole. (– Sei uno stronzo, Mooney.) Derek per un po' si sentì sperduto, ma Joey The Lips gli disse di fare esattamente quello che faceva James. E andò benissimo, era la stessa nota tre volte, prima una volta e poi le altre due insieme, poi di nuovo, e avanti così fino alla fine.

Alle due, le ragazze non ce la facevano più. Joey The Lips dovette accordare la chitarra di Outspan.

Jimmy chiamò Deco da parte per dirgli di avere pazienza.

– Abbi pazienza, disse Jimmy. – Non tutti hanno un talento naturale.

– Ci proverò, Jimmy, disse Deco. – Ma vedi... io sono pronto, sai cosa significa?

Jimmy annuì.

– C'è qualcosa in me che cerca di uscire, sai cosa significa?

– Lo so, disse Jimmy. – Vacci piano però, okay?

– Okay.

– Stronzo di merda, disse Jimmy tra sé.

– Fratelli e Sorelle, disse Joey The Lips verso le tre. – Abbiamo fatto un buon lavoro, questa sera. Potete mettervi tutti in cerchio qui, per piacere? Anche tu, Jimmy.

Erano troppo stanchi per rifiutarsi. Si misero in cerchio e, senza che nessuno glielo dicesse, si presero per mano.

– Bene, disse Joey The Lips. – Adesso lasciate andare le mani.

Gli altri obbedirono.

– Giratevi a destra.

Obbedirono di nuovo. Erano ancora in cerchio. Ognuno di loro aveva davanti una schiena. Anche Joey The Lips si era messo nel cerchio. Tirò su le mani.

– Adesso, Fratelli e Sorelle, diamoci una pacca sulla schiena perché abbiamo fatto un buon lavoro.

Risero tutti, dandosi delle pacche.

57

Si trovarono per le prove successive.

– Okay, James, vecchio mio, disse Joey The Lips. – Inizia tu.

James si guardò intorno. Erano tutti ai posti di combattimento. Iniziò.

– DUM – DUMDUM –

Joey The Lips fece un cenno a Billy.

– CLAH – CLAHCLAH –

Poi a Derek.

– THUM – THUMTHUM –

Dopo l'attacco di Derek, James si lasciò andare a qualcosa di più avventuroso. Seguì le ragazze.

– UUH – UUH – UUH –

UUH – UUH –

UUH – UUH – UUH –

Joey The Lips fece schioccare le dita. Outspan partì.

– TCHI – TCHICI –

Poi Deco attaccò a cantare.

– AS I WALK THIS LAND

OF BROKE –

EN DREE – EE – EAMS.

Stava andando tutto bene, senza errori.

Ma era il caso di parlare di nuovo a Deco. Aveva cominciato a farsi girare il microfono sopra la testa.

Le ragazze andavano bene. Il passo era semplice: uno a destra, poi indietro, poi di nuovo a destra. Si muovevano insieme. E stavano bene insieme, tutte più o meno della stessa altezza e della stessa taglia. Natalie batteva le mani, scuoteva la testa, sorrideva scoprendo i denti.

Quasi tutti gli altri Commitments avevano un'aria abbastanza sicura.

Ma Dean sembrava terrorizzato.

– I'LL BE SEARCHING EVERYWHERE –

JUST TO FIND SOMEONE TO CARE –

I'VE BEEN LOOKING EVERY DAY –
I KNOW I'M GOING TO FIND A WAY –
NOTHIN'S GOING TO STOP ME NOW –
I WILL FIND A WAY SOMEHOW.

Si fermarono tutti. A questo punto il disco finiva in dissolvenza rapida, ma loro non sapevano come avrebbero chiuso la canzone.

Deco andò avanti a cantare:

– STARÒ AD ASPETTARTI LÌ –
ALL'OROLOGIO DI CLEARY.

Gli altri applaudirono entusiasti.

Deco si fermò.

– E questo come ti è uscito? gli chiese Jimmy.

– Un po' di colore locale, rispose Deco.

– Da morire, disse Derek.

– L'hai detto tu che potevamo adattare le parole, per farle più dublinesi, disse Deco.

– Sì, però... be', potevi avvertirci, disse Jimmy.

– Comunque funziona, eh, fece Billy.

– Molto soul, disse James.

– Il soul è la musica della gente, disse Joey The Lips.

– Da Cleary ci vanno solo i cafoni, però.

– Ah, già, disse Derek. – Ma aspetta un momento. L'orologio è fuori. È appeso in strada.

– Il soul è la strada, disse Joey The Lips.

– Allora va benissimo, fece Jimmy. – L'orologio ce lo teniamo.

Se ne andarono a casa a piedi. Su dieci Commitments, sette lavoravano. Se ne presentarono quattro, al lavoro, la mattina dopo.

I Commitments provavano tre volte la settimana. A parte le prime serate, smettevano prima delle undici e mezza, in tempo per l'ultimo bus.

Joey The Lips li fece restare sui pezzi più facili, meno

frenetici. Chain Gang diventò uno dei preferiti, per un certo periodo.

Le ragazze si sollevavano il martello sopra la testa e poi lo rimettevano giù:

– HUH –

E ancora:

– HAH –

E di nuovo:

– HUH –

Si mise a cantare anche Derek.

Attaccava con un ruggito: – WELL DON'T YOU KNOW, prima che Deco cantasse:

– THAT'S THE SOUND OF THE MEN –

WORKING ON THE CHAIN – GA – EE – ANG –

THAT'S THE SOUND OF THE MEN –

WORKING ON THE – CHAIN – GANG –

Deco chiudeva molto spesso gli occhi, durante questo pezzo.

– ALL DAY THE'RE SAYING –

MY MY MY MY MY MY MY –

       MY WORK IS SO HARD –

DATEMI UNA GUINNESS –

HO SETE –

MY – Y – Y –

       MY WORK IS SO HARD –

OH OH MY MY MY –

       SWEET JESUS –

MY WORK IS SO HARD –

– HUH, facevano le ragazze.

– HAH, facevano le ragazze.

– HUH, facevano le ragazze.

Toccava a Derek chiudere.

– WELL DON'T YOU –

       KNOW.

60

Joey The Lips li fece mettere in cerchio.

– Che facciamo oggi, Joey? gli chiese Dean.

– Ebbene, Fratello, disse Joey The Lips. – Credo che oggi faremo venire avanti le Sorelle del soul.

– Oh, Cristo, disse Natalie. – Mi vergogno.

– Un momento, disse Deco. – Che cosa significa?

– Facciamo cantare le Sorelle, disse Joey The Lips. – Come gli uccelli che volano nell'aria.

– Ma loro sono le vocaliste di appoggio.

– Ah, vaffanculo, Cuffe, gli fece Billy. – 'Sto stronzo è geloso, figuriamoci.

– Eh, sì, disse Outspan.

– Che imbecille, disse Imelda.

– Fatti crescere le tette, amico, così poi ti metti a cantare con loro, gli disse Billy.

– Vuoi fare a botte?

– Non rompere.

– Ehi! disse Jimmy. – Basta così.

Era arrivato il momento di mettere in chiaro alcune cose.

– Niente storie o litigi, capito?

– Bravo, Jim, dici bene.

– E poi, disse Jimmy, – le ragazze sono sempre la parte più attraente del gruppo.

– Sei un porco, disse Natalie.

– Grazie tante, Jimmy, disse Imelda.

– Non c'è di che, Imelda, le rispose Jimmy.

– Che cosa cantiamo? chiese Bernie a Joey The Lips.

– La sapete Walking in the Rain?

– Bellissima.

– I WANT HIM, cantò Imelda.

– Le parole non si può dire che siano esattamente femministe, non vi pare? disse James.

– Il soul non è fatto di parole, Fratello, disse Joey The Lips. – Il soul è sentimento. Il soul è tirarsi fuori da se stessi.

61

– Ma è una cosa sdolcinata.
– Non sei tu che la canti, Quattrocchi, disse Imelda.
– Fa parte della cosiddetta musica di scambio, spiegò Jimmy. – Si rivolge a un pubblico più ampio. Bianco e nero. Cafoni e dublinesi.
– E poi è bella, fece Natalie.
– Quello che dici è la verità, Sorella, disse Joey The Lips.
– Ci servono la pioggia e il tuono, Fratello Billy. Ce le fornisci tu le condizioni meteorologiche?
– Che cosa?
– La pioggia e il tuono.
– La pioggia non saprei, ma ti posso dare tutto il cazzo di tuono che ti serve.
Attaccò a suonare.
– Cazzo, anche un uragano, se vuoi.
Jimmy chiese: – Lo sai fare un tocco delicato sui piatti?
– Delicato?... Cristo, non so. ... Questo come va?
– Perfetto, disse Jimmy. – Così abbiamo anche la pioggia.
– Ottimo.
Le ragazze stavano provando una nuova mossa. Si incrociavano le braccia sul petto ogni volta che cantavano HIM.
– Qui siamo al muro del suono, Fratelli, disse Joey The Lips. – Fratello Outspan, sei tu quello che conta in questo pezzo.
– Cazzo! Io?
– Non perdere la calma, disse Joey The Lips. – Sentiamo.
– CHUNGHA – CHUNGHA – CHUNGHA – CHUNGHA –
– Fantastico, disse Joey The Lips. – Sorelle...
Le Commitmentettes si tennero pronte.
– Pioggia, gridò Joey The Lips.
Billy gli diede la pioggia.
– Tuono. ... No, un po' meno.
Fece un cenno alle ragazze.
– DOO DOO DOO DOO DOO –

        DOOO –
– DOO DOO DOO DOO DOO –
        DOOOOOO –

Natalie, che era in mezzo, fece un passo avanti.

– I WANT HIM –

– Get up!

– Così non è divertente, Fratello Deco, disse Joey The Lips. – Cominciamo da capo.

– Scusate.

– Pioggia... Adesso il tuono.

– DOO DOO DOO DOO DOO –
        DOOO –
– DOO DOO DOO DOO DOO –
        DOOOOOO –

I WANT HIM –

AND I NEED HIM –

AND SOME DAY –

      SOME WAY –

WOO OH WOO O –

      O –

      OH –

        I'LL SEE HIM –

Bernie e Imelda fecero un passo avanti per mettersi di fianco a Natalie. Adesso cantavano insieme.

– HE'LL BE KIND OF SHY – Y –

A Imelda scappò da ridere, ma non si fermarono.

– AND REAL GOOD LOOKING TOO –

      OOO...

AND I'LL BE CERTAIN –

      HE'S MY GUY –

COS THE THINGS –

     HE'LL...

     LIKE...

     TO...

     DOO...

63

– Tuono, urlò Joey The Lips.

Cadde un piatto dalla batteria.

– LIKE WALKING IN THE RAIN, cantò Natalie.

– LIKE WALKING IN THE RAIN, cantarono Imelda e Bernie.

Poi di nuovo insieme.

– AND WISHING ON THE STARS –

UP ABOVE –

AND BEING SO –

IN LOVE.

Se Outspan avesse rotto soltanto una corda, pazienza. Ma ne ruppe due, e allora dovettero fermarsi per cambiarne una, che Joey The Lips accordò.

– Siete state fantastiche, ragazze, disse Jimmy. – Complimenti. Vi mangeranno le patatine dalle mutande.

– Cazzo, fai schifo, fai.

Le cose stavano andando benissimo.

Facevano degli errori, litigavano e c'era un po' di assenteismo, ma le cose stavano andando bene. Joey The Lips aveva un effetto calmante sugli altri. Doveva essere l'età. E anche il fatto che adesso sapevano del suo passato. Avevano visto le foto di Joey The Lips con i divi:

Joey The Lips e Otis Redding a cavallo, nel ranch di Otis, aveva detto Joey.

Joey The Lips sul palco, steso per terra e dietro di lui le gambe di James Brown, una delle quali sfocata.

Joey The Lips in uno studio di registrazione, quando aveva ancora i capelli, e Gladys Knight con su la cuffia che gli sorrideva.

Joey The Lips e Marvin Gaye, tutti e due in papalina e caftano, davanti a un mucchio di macerie a Detroit.

Ce n'era perfino una di Joey The Lips con B.P. Fallon, Fallon con il braccio attorno alle spalle di Joey, e con mezza testa di Yoko Ono sullo sfondo.

E Jimmy aveva trovato il nome di Joey The Lips citato su alcuni dei suoi dischi. (– È il nostro Joey questo? gli chiese Outspan.

– Sì, disse Jimmy.

– Cavolo, disse Outspan.

Lesse la lista a Derek.

– Berry Gordy, Smokey Robinson, Lamont Dozier, Joey Irish Fagan, Steve Cropper, Martha Reeves, Diana Ross e il Signore, Jeovah. ... E chi è questo?) Se Joey The Lips aveva l'aria contenta, voleva dire che le cose stavano andando bene. E Joey The Lips aveva sempre l'aria contenta.

O meglio, Joey The Lips aveva quasi sempre l'aria contenta. Aveva l'aria scioccata quando Dean lo trovò mentre Natalie lo stava baciando.

Dean non li stava cercando, quando li trovò. Stava chiudendo la porta del garage e loro erano lì dietro. Tirò la porta verso di sé e se li trovò davanti, ed era Joey The Lips che stava appoggiato contro il muro, cosa che a Dean sembrò strana quando ci pensò su dopo. Natalie fece un salto all'indietro, lasciando Joey The Lips con la mano destra sospesa per aria. Dean stava per rimettere la porta come stava, ma Joey The Lips gli parlò. Natalie era tornata dentro di corsa.

– Ho un'aria strana, diversa dal solito? gli chiese Joey The Lips.

– No, Joey.

– Bene bene, disse Joey The Lips. – Perché mi hai sconvolto non poco il savoir-faire, Dean, amico mio.

– Io... fece Dean. – Credevo che eravate andati a prendere le patatine.

– Ci sono andato, Dean.

Se si trattava di un suggerimento, di una preghiera o di un ordine, comunque Dean non ci fece caso, perché quando tornò dentro lo disse agli altri. Non perché voleva fare la spia. Ma doveva sentirselo dire ad alta voce. Allora forse sarebbe riuscito a crederci.

– MA VAFFANCULO! disse Outspan.

– Te lo giuro su Dio, disse Dean.

– Dove? disse Derek.

– Qua fuori, disse Dean. – Dietro la porta.

– E non è ancora buio, neanche, cazzo.

– Lo so.

– Cristo, che roba!

– Che cazzo!

– EHI, TU! ruggì Deco rivolto a Natalie, che era dalla parte opposta del garage.

Natalie stava raccontando alle ragazze com'era andata con Joey The Lips.

– Te la facevi con Joey dietro la porta?

– Va' a farti fottere.

– È vero o no?

– E se anche fosse, a te che te ne frega? gli fece Bernie.

– Ma cazzo, sei più alta tu di lui! urlò Deco.

Questo era contro natura.

– E con questo?

Nessuno dei ragazzi fu capace di rispondere. Era ridicolo, ma era anche un brutto colpo. Natalie era una bella ragazza, anzi una splendida ragazza, più giovane di loro. Joey The Lips era un piccolo coglione pelato di quasi cinquant'anni. E in pantofole...

Per vari minuti sembrò che i Commitments si sarebbero sciolti.

Ma Jimmy seppe reagire. Riuscì a farlo quando passò dal generale al particolare. Non era con Imelda che se la faceva Joey The Lips, ma con Natalie. E lui non era innamorato di Natalie. Era tutto a posto, allora.

– Siamo in un paese libero, ragazzi, disse Jimmy.

– Sì però, Dio mio, disse Derek.

– Così non si fa, disse Deco.

Diede un colpo sul muro, non troppo forte.

Billy li guardò in faccia uno a uno, in cerca di un segno di speranza.

– È come farsela con suo padre, cazzo, disse.

– Come? disse Dean. – Chi, Natalie?... Ah, sì, ho capito... Già.

Outspan fece una domanda a Dean.

– Con la lingua?

– Certo.

– Mi viene da vomitare.

– Bella roba, cazzo, eh, fece Derek.

– Dai, ragazzi, disse Jimmy.

Batté le mani.

– Piantatela, dai. ... Joey è uno di noi.

– Ma se è un vecchio, cazzo.

– Non è come gli altri vecchi.

– È esattamente come gli altri vecchi.

– Perché, gli altri vecchi suonano in un gruppo? fece Jimmy. – I vostri vecchi hanno suonato con i Beatles?

– Mio padre ha dei gusti migliori.

Dean rise.

– Insomma, disse Jimmy, – sentite. È più vecchio di noi, siamo d'accordo. Però ricordatevi che non è sposato. E quindi se vuole farsi la ragazza ne ha tutto il diritto, proprio come noi. ... Con tanti auguri di buone scopate.

Diceva sul serio.

– Jimmy ha ragione, ragazzi, disse James. – Orribile ma vero.

– Sì, però... però non è giusto, vi pare?

– Direi di no, fece James.

– Certo che è giusto, cazzo, disse Jimmy. – Guarda, potevi anche provarci tu con lei. Ma non ci hai provato. Joey sì. E allora buone scopate a lui.

– ... Sì, ma insomma, disse Derek.

Deco si rivolse alle ragazze.

– Ti ha costretto?... Perché se è così...

Le ragazze scoppiarono a ridere.

– Ma che coglione che sei, gli rispose Natalie.

– È stata Natalie a farsi avanti con LUI, disse Bernie.

Stavano ancora ridendo.

– Perché? chiese Outspan in modo gentile. – Perché, Natalie?

– Brutta stronza puttana! ruggì Deco.

Si scagliarono tutti contro di lui. Jimmy gli puntò un dito addosso.

– Vacci piano.

James e Derek trattennero Outspan, e Dean li aiutò. Outspan si calmò. Lo lasciarono andare. Poi però saltò di nuovo addosso a Deco. Lo tirarono indietro, e lui li lasciò fare. Gli era bastato fare la mossa.

James aveva un esame di psicologia qualche settimana dopo.

– Ti sei fatta avanti con Joey, Natalie? le chiese.

– Sì. ... È così.

Le ragazze risero di nuovo.

– Vi fa schifo, eh? disse Imelda. – Ma lui le piace, imbecilli del cazzo.

– Piace a tutti, disse Outspan. – Ma mica ci siamo messi in fila per farcelo.

Gli altri risero. Outspan dovette ripensarci su prima di capire perché, ma poi gli scappò una risata.

Anche a Natalie scappò da ridere.

– No.

Rise.

– Però mi è simpatico. ... È spiritoso.

– E poi, tutte quelle cose che ha fatto, disse Bernie.

– Ah! fece Deco. – Adesso capisco. È una groupie del cazzo.

– Perché, tu che hai fatto di buono nella vita? disse Bernie. – A parte tirarti le seghe.

– Bernie! disse Imelda.

– Be'?... fece Bernie.

– È una groupie da strapazzo. Solo perché lui... ma che cazzo!... Mi fa pena e basta.

– Voi ve la fareste con Madonna, o no? chiese Natalie.

– No?... Ma certo, cazzo, figuriamoci.

– Ma perché, c'è pure lei dietro la porta del garage? chiese Billy.

– O con Joan Collins, disse Imelda. – Che ha cinquant'anni.

– Anche di più, disse Dean.

– Con Joan ci starei molto volentieri anch'io, disse Jimmy. – Devo ammetterlo.

– Tina Turner è nonna, disse Natalie. – Non ci staresti con lei?

– Be', visto che si è fatto sua nonna, disse Billy – tanto vale farsi anche Tina a questo punto.

– E quella tizia del telegiornale, disse Imelda. – Ti faresti anche lei, solo perché è al telegiornale.

– Lui ci proverebbe anche con Tom e Jerry, disse Outspan.

Quando Joey The Lips aprì la porta stavano ridendo tutti.

– Cibo soul, disse Joey The Lips.

Smisero di ridere con aria imbarazzata, evitando di guardare Joey The Lips.

– ... Bravo Joey, disse Outspan. – Cazzo, ho una fame... È da dopo pranzo che non mangio.

Jimmy afferrò Deco per un braccio.

– Nemmeno una parola, capito? Neanche una, cazzo, siamo d'accordo?

Deco si liberò il braccio.

– D'accordo.

– Ma sei proprio un coglione arrapato, eh, Joey? disse Billy.

69

Gli altri risero, nonostante la sorpresa e l'imbarazzo.

– È la libidine dell'uomo soul, Fratello, spiegò Joey The Lips.

I Commitments avevano messo insieme un quarto d'ora di canzoni con cui riuscivano a cavarsela senza troppi sbagli. Suonavano malissimo, qualche volta, ma pochi di loro se ne rendevano conto. Erano contenti.

Joey The Lips annunciò che erano pronti a fare dei pezzi più funky, con più ritmo, roba forte.

– Fantastico!

Joey The Lips non lo disse, ma voleva far sciogliere Dean. Dean aveva bisogno di lasciarsi andare, era l'unico che soffriva ancora. Se ne stava lì impalato e, anche se fino ad allora gli erano toccati al massimo tre o quattro cambi di nota per canzone, di solito arrivavano troppo in fretta per lui, e seguitava a scusarsi ogni volta mentre gli altri andavano avanti.

Un pezzo più deciso gli avrebbe forzato la mano. Gli avrebbe fatto bene.

Deco era eccitato. Era arrivato il momento di farsi conoscere. Saltellava su e giù. Aveva iniziato a mettersi i pantaloni della tuta durante le prove. E mandava giù miele a cucchiaiate, nei momenti in cui non cantava.

– Forza, forza, urlò Deco. – Andiamo.

– Cosa facciamo, Joey? chiese Outspan.

Jimmy diede i testi alle ragazze e a Deco.

– Knock on Wood.

– Da morire!

– Questa la so, fece Imelda.

– Non è la versione da discoteca, le disse Jimmy.

– Aaah!

– Figuriamoci, nemmeno a parlarne, disse Jimmy. – Usa il manico delle bacchette per questa, Billy.

– Agli ordini.

Sentirono la cassetta di Eddie Floyd.

– Tu e io insieme, Dean, disse Joey The Lips. – Glielo facciamo vedere noi come si guadagnano da vivere gli ottoni.

– Cristo, Joey, non so.

Outspan fece vibrare una corda.

– THI – THI –

– Va bene così, più o meno, Joey?, chiese.

– Sì, così, più o meno. ... Adesso, Dean, falla urlare quella bambina.

– Come?

– L'abbiamo già fatta insieme una volta.

Joey The Lips si portò la tromba alla bocca.

– DUHHH –
       DU –
           DUHHH –

– Te la ricordi?

– Ah, sì.

– Bravo... Bene... È un capezzolo, quello che hai lì.

– Magari!

– Pronto?

– Sì, penso di sì.

– DUHHH –
       DU –
           DUH – DEHHH –
           DE –
               DEHHH –

– Bene bene, disse Joey The Lips. – A questo punto attacca Fratello Deco. Siamo pronti, amici?

Erano pronti.

– A one, a two.

Joey The Lips e Dean rifecero l'introduzione.

Poi attaccò anche Billy.

– THU – UNG UNG UNG – THU – UNG UNG UNG –

– I DON'T WANNA LOSE – HUH –

– Ehi, fermi.

– Perché... cos'è successo?

– Fratello Deco, disse Joey The Lips. – Lascia perdere gli Huh per il momento, d'accordo? Non vorremmo mica inimicarci il pubblico bianco.

– I DON'T WANNA LOSE –

Outspan: – THI – THI –

THIS GOOD THING –

Billy: – THU – UNG UNG UNG

THAT I'VE GOT –

IF I DO –

– DUH DAA DOOHHH, soffiarono Joey The Lips e Dean, bravissimi.

– I WOULD SURELY –

SURELY LOSE THE LOT –

Dean si asciugò la faccia.

– COS YOUR LOVE – THI – THI –

IS BET HA –   – THU – UNG UNG UNG –

THAN ANNY LOVE I KNOW – OW –

Qui attaccarono le Commitmentettes.

– IT'S LIKE THUNDER –

– DUH UH UHHH, fecero gli ottoni.

– LIGHT' –

          NIN' –

– DEH EH EHHH, fecero gli ottoni.

– THE WAY YOU LOVE ME IS FRIGHT' – NIN' –

I'D BET HA KNOCK –

Billy: THU THU THU THU –

– ON WOO – O – OOD –

BAY –

          BEE –

Gli ottoni: – DUHHH –

          DU –

               DUH – DEHHH –

               DE –

                    DEHHH.

Dean non riuscì a dormire bene, quella notte.

Era riuscito a fare tutto l'assolo di Knock on Wood. Quando lo fecero per la terza volta, prima di andarsene a casa, Dean aveva inarcato la schiena e puntato il sax al soffitto. Si era dato una botta sul naso, ma era stato grande. Non stava nella pelle in attesa delle prove successive.

La volta successiva, tre sere dopo, i Commitments furono più sciolti e sempre più grintosi.

   – NOW I AIN'T SUPERSTITIOUS, strillava Deco.

   – THI – UH THI, faceva Outspan alla chitarra.

   – ABOUT YOU –

Billy: – THU – UNGA UNG UNG –

   – BUT I CAN'T TAKE NO CHANCE...

Outspan: – THIDDLE OTHI – UH THI –

   – YOU'VE GOT ME SPINNIN' –

YOU BRASSER...

BABY...

      I'M IN A TRANCE...

Le Commitmentettes, mentre aspettavano di cantare, tiravano su le braccia e facevano schioccare le dita. Derek piegava le ginocchia, intanto che ci dava dentro sulle corde. Dean si era messo gli occhiali scuri. James colpiva i tasti coi gomiti, di tanto in tanto. Joey The Lips, in segno di approvazione, gli fece un gesto col pollice. Jimmy sorrideva e muoveva le spalle a tempo.

   – IT'S LIKE THUNDER –

Gli ottoni: – DEH EH EHHH –

   – IT'S VERY FUCKIN' FRIGHT'NIN'...

I'D BET HA KNOCK –

Billy: – THU THU THU THU –

   – ON WOO – O – OOD –

BAY –

     BEEEE...

Le Commitmentettes: – OOOOHH –

Gli ottoni: – DUHHH...

        DU –

           DUH – DEHHH...

             DE –

               DEHHH...

Una settimana dopo, i Committments stavano facendo una pausa. Intanto, Jimmy parlava con Joey The Lips.

– Sei stato in qualcuno dei pub dove suonano, in centro?

– No, rispose Joey The Lips. – Non è il mio genere.

– Preferiamo dei posti più tranquilli noi, vero Joey? disse Natalie.

– Dietro la porta del garage, per esempio? fece Jimmy.

– Vaffanculo, tu.

Natalie se ne andò da Imelda, Bernie e Derek.

Joey The Lips guardò Jimmy dritto negli occhi.

– Salvami.

– Come?

– Devi salvarmi. ... Ho bisogno di essere salvato.

– Ma di che stai parlando?

Jimmy si guardò alle spalle.

– Quella donna mi sta facendo impazzire, cazzo, disse Joey The Lips. – Non mi molla un attimo.

– Direi che è la prima volta che ti sento dire cazzo, Joey.

– Non mi lascia un momento in pace.

– Ma Cristo, Joey, allora era meglio se non ti ci mettevi, con lei.

– Non avevo scelta, Fratello, sibilò Joey The Lips. – Mi ha inchiodato al muro prima che potessi squagliarmela.

– E la libidine dell'uomo soul allora, non c'entra più un cazzo?

– ... Sento uno strano odore, cos'è?

– Che odore?... Ah, sì, lo sento anch'io.

– Erba, disse Joey The Lips.

Si guardò intorno con aria seccata.

74

– È haschish. ... Ehi, urlò Jimmy, – chi ha portato il fumo?

– Io, disse Billy.

Deco, Outspan, Dean e James erano con lui, vicino al piano.

– Non se ne parla proprio, Billy. Nemmeno per sogno.

– Di che stai parlando? fece Billy.

Lo spinello, un lavoro da dilettanti, rimase sospeso a mezz'aria mentre Billy se lo portava alla bocca.

– L'haschish è fuori, disse Jimmy.

– Perché? chiese Deco.

Toccava a lui, dopo.

– Ti incasina il cervello, disse Jimmy.

– Jimmy, disse James, – è stato clinicamente provato che...

– Vaffanculo un attimo, James, scusa, eh, disse Jimmy.

– Poi non siete più capaci di suonare.

– Anzi, suoneremo meglio, disse Deco.

– E tu ti rovini la voce.

Questo lo fece stare zitto per un po', mentre cercava di decidere se era vero o no.

Billy fece un tiro lunghissimo e poi allungò lo spinello agli altri.

– BUTTALO FUORI, BILLY, urlò Jimmy.

Billy espirò.

– Per forza, se no muoio, stronzo.

Aveva ancora lo spinello tra le dita.

– Che male c'è a fumarselo? chiese Outspan.

Jimmy ci stava pensando su. Quello che gli seccava più di tutto era il fatto che non gli avevano chiesto il permesso, prima di accenderlo. Ma gli serviva una ragione migliore di quella.

– Tanto per cominciare, disse, – be'... quasi quasi non sapete suonare nemmeno quando avete la testa che vi funziona.

75

– Ah, ma che cazzo, dai!

– Che cosa vorresti dire, ragazzo, che non so cantare?

– E poi, disse Jimmy, – noi siamo un gruppo soul. Non ve lo scordate. Non un gruppo pop o un gruppo punk o un gruppo hippy, cazzo... Siamo un gruppo soul.

– Come sarebbe a dire, SIAMO? disse Deco.

– Vaffanculo tu.

Jimmy fu contento dell'interruzione. Così aveva più tempo per farsi venire in mente qualcosa.

– Se non vi va bene il mio modo di fare le cose...

– Ti adoriamo, Jimmy. Vai così.

– Bene. ... Dov'ero rimasto?... Ah, sì. ... Siamo un gruppo soul. Vogliamo guadagnarci qualcosa, ma abbiamo i nostri principi. Non lo facciamo solo per i soldi. C'è anche la politica, non ve ne dimenticate. Se veramente vogliamo portare il soul a Dublino, non possiamo metterci a fumare l'haschish.

– Ma è solo haschish.

– Ma cazzo, Billy, è la punta dell'iceberg. Dublino è fottuta, è piena di droga. E la droga non è soul.

– E quelli che bevono, allora?

– È diverso, disse Jimmy. – Bere va bene. La classe lavoratrice se li è sempre fatti, un paio di bicchieri.

– La Guinness è cibo soul, disse Joey The Lips, – cibo per l'anima.

– Stai parlando col culo, Jimmy, disse Outspan.

– Sentite, disse Jimmy. – Come cazzo facciamo a dire che suoniamo la musica della gente se ci mettiamo in mezzo la droga? Noi dobbiamo essere contro la droga. Antidroga, contro l'eroina e tutto il resto.

– Sì, però...

– Guardate quello che è successo al fratello di Derek.

– Lascia stare mio fratello, disse Derek.

Lo disse quasi urlando.

– Va bene, scusa. Ma sapete che cosa voglio dire.

– Che cos'è successo al fratello di Derek? chiese Billy.
– Lascia perdere.
– Che cos'è successo a tuo fratello? chiese Billy.
– Lascia perdere, Billy.
– Stavo solo chiedendo.
– Allora, disse Jimmy. – Siete d'accordo con me?
– Be', sì... certo, solo che...
– Ci facciamo fare uno striscione, L'eroina uccide, da mettere dietro la batteria, disse Jimmy.
– Aspetta un momento, disse Deco. – E i neri americani allora, quelli che sono veramente soul? Lo fumano tutti l'haschish. ... Anzi peggio.
Joey The Lips era l'esperto in questo campo.
– Non è vero, Fratello. I veri fratelli del soul dicono No all'erba. E a tutte le droghe. Il soul dice No.
– E Marvin Gaye?
– Che c'entra Marvin Gaye? chiese Jimmy.
– È morto di overdose.
– Gli ha sparato suo padre, stronzo.
– Un'overdose di proiettili, fece Billy.
– Sam Cooke, allora, disse Deco.
– A lui non so che cosa gli è successo. ... E tu, Joey?
– È morto in circostanze molto misteriose, disse Joey The Lips. – C'era di mezzo una donna.
– Non c'è bisogno di aggiungere altro.
– Scommetto che se l'è cercata lui, disse Imelda.
– E Phil Lynott, disse Deco.
– Ma vaffanculo, disse Jimmy. – Non era un cantante soul, quello.
– Era nero però.
– Ah, vaffanculo, dai, lasciami in pace... Esci per sempre dalla mia vita. ... Insomma, siete d'accordo con me sull'haschish? E sull'eroina?
– Sì.
Gli altri assentirono o rimasero zitti.

77

– Possiamo fumarcelo dopo le prove, Jimmy? chiese Billy.
– Sì, certo, non c'è problema.

Passò un'altra settimana.

James era in ritardo, e così Joey The Lips stava facendo provare a Deco una nuova canzone, Out of Sight di James Brown.

– Sei sicuro di saperla, adesso?
– Certo che sono sicuro.
– Bene, allora. Attacca. ... A one...

Deco si portò le mani alle orecchie.

Outspan diede una gomitata a Derek.

– Che stronzo del cazzo.

Deco cantò.

– YOU GOT YOUR HIGH HEELED SNEAKERS ON –
YOUR STUFF IS NEW –
YOU GOT YOUR HIGH HEELED SNEAKERS ON –
SIMON HARTS –
YOUR GEAR IS NEW...
YOU'RE MORE THAN ALRIGH' – HI – HIGH' –
YOU KNOW –
YOU'RE OUT OF SIGHT... Cazzo!

Era arrivato Jimmy e, per far capire ai Commitments che voleva attirare la loro attenzione, aveva lanciato in testa a Deco una lattina di 7-Up vuota.

– Ma che cazzo fai? urlò Deco.

– Non mi piaci, disse Jimmy. – E ho delle notizie da darvi.

– E per questo tiri una cosa in testa a ME?

– Tanto non ti sei fatto niente, e neanche quello che ho da dirvi ti farà male.

– Ah! disse Imelda. – Buone notizie, allora.

– Buonissime, Imelda, proprio buone. Come sei bella stasera.

– Grazie, Jimmy. E tu fai schifo come al solito.

78

– Sentiamo le novità, disse Joey The Lips.

– O dobbiamo dire l'Angelus, prima? fece Outspan.

Arrivò James.

– Scusate. ... Ho bucato.

– Jimmy ha delle novità, James, gli disse Bernie.

– Ma se le tiene tutte per sé, disse Imelda. Poi aggiunse cantando: – PERCHÉ È UN COGLIONE.

– Siete pronti, allora?

– Dai, piantala, Jimmy.

– Be', sono un paio di giorni che mi do da fare.

– Sporcaccione, disse Deco.

Billy gli mollò un pugno.

– Ero in trattative, disse Jimmy.

– Cavolo!

– Non esagerare, che ti rovini la salute.

Risero, ma non per molto.

– Ho fissato il nostro primo concerto.

– Cazzo, grande!

Ci furono grida di entusiasmo e sorrisi.

– Quando?

– Tra otto giorni.

– Cazzo, no!

– Deve essere per forza quel giorno, disse Jimmy – perché il tizio che chiama i numeri al bingo... lo conoscete quel tale, Hopalong... va in ospedale a fine settimana a farsi mettere un rubinetto nei reni, o qualcosa del genere, quindi è l'unica sera libera.

– La sala rionale?

– Eh.

– È un posto di merda!

– Dal seme cresce l'albero, Fratelli e Sorelle, disse Joey The Lips.

– Poi magari passiamo al Barrytown Square Garden, eh? disse Outspan.

– Un momento, disse Derek. – Smettetela di fare gli stronzi. Per cominciare andrà bene. ... Grazie, Jimmy.

– Sì. Grazie, Jim.

– Di niente.

– Portiamo la musica alla gente, disse Joey The Lips.

– Andiamo da loro. Andiamo nella loro sala rionale. Questo è il soul.

– Non ci va mai nessuno, Joey, disse Outspan. – Solo le vecchie che giocano a bingo.

– E la squadra di calcio. Vanno a cambiarsi là, disse Derek. – E il gruppo dell'operetta, e quelli di San Vincenzo di Paola.

– E Hopalong, disse Natalie.

– Si scopa la tizia del negozio, Colette, lo sapevate?

– MA NO, dai! disse Bernie.

– E invece sì, cazzo.

– Che schifo, Cristo.

– Ci credo che zoppica, allora.

– Il nostro primo concerto, disse Dean. – ... Il nostro primo concerto.

– Con chi hai dovuto parlare per la sala, Jimmy? chiese James.

– Padre Molloy.

– Oh, cazzo. Padre Paddy, disse Outspan. – Il prete canoro, spiegò a quelli che non erano di Barrytown.

Derek attaccò a cantare.

– MOR –

NIN' HAS –

BROKE –

EN –

LIKE THE FIRST MOR –

HOR – HOR – NIN' –

E GLI UCCELLI –

NI –

FANNO LA CACCA AL MATTINO.

80

– È la messa folk, spiegò Outspan agli altri. – Che menata, cazzo.

– Ah, già, disse Billy. – È quella da cui il prete ti ha sbattuto fuori, vero?

– Proprio quella, disse James.

– Se l'è fatto mettere in culo, Jimmy? chiese Outspan.

– No. Mi ha solo passato le dita tra i peli più ricci.

– Dai, smettetela! fece Natalie.

– Quanto ci viene a costare? chiese Deco.

– Niente.

– Fantastico.

– Come mai?

– Gli ho detto che faceva parte della campagna contro l'eroina.

– Che faccia tosta che hai.

Gli altri guardarono Jimmy con ammirazione.

– Be', è vero, disse Jimmy. – Ci portiamo lo striscione, L'eroina uccide. Il mio fratellino Darren, che è uno stronzo insopportabile, ne deve fare uno per la scuola. Per un progetto di arte, mi pare. E qualche manifesto da mettere in giro sui muri.

– Bravissimo, Jimmy.

– C'è un'altra cosa però, disse Jimmy. – Ho detto a padre Molloy che gli facciamo una messa folk.

– No, questo mai!

– Scherzavo. ... Northside News manderà qualcuno. E un fotografo.

– Come mai?

– Gliel'ho fatto sapere. Ho telefonato.

– Cristo, ci sai fare, eh?

– Sai che vergogna, disse Bernie.

– Io i soldi da parte per il vestito non ce li ho ancora, disse Derek.

– Per questa volta possiamo affittarli, disse Jimmy. – Poi ci rifacciamo col pane che ci guadagniamo all'ingresso.

81

– Pane! disse Billy. – Sentitelo, che hippy del cazzo.
– Vaffanculo.
– Bene, Fratelli e Sorelle, disse Joey The Lips. – Qui ci vuole un applauso per il nostro manager, Fratello J. Rabbitte, e poi uno per i reni di Fratello Hopalong.
I Commitments applaudirono.
– I reni di Fratello Hopalong sono soul.

Durante l'ultima settimana i Commitments provarono tutte le sere. Cominciarono a protestare e a scuotere la testa quando qualcuno sbagliava e dovevano ricominciare daccapo. Ma Joey The Lips riuscì a fargli superare i momenti di panico. Disse State calmi molto spesso, quella settimana.
– Stai calmo, amico, disse Joey The Lips.
Deco aveva appena lanciato un urlo bestiale a Billy, che aveva fatto cadere uno dei tamburi della batteria.
– È questa testa di cazzo, Joey, gridò Deco.
– Joey, fece Billy. – Io ve l'ho detto, è un rischio del mestiere. Fa parte del mio stile. E possono succedere, degli incidenti di questo tipo. Vi avevo avvertito.
Poi si rivolse a Deco.
– Quanto a te, George Michael, se mi chiami un'altra volta testa di cazzo te ne vai a casa con una bacchetta infilata nel buco. E non parlo di quello che usi per cantare...
Si chinò per tirare su il tamburo.
– ... Ma di quello che usi per parlare.
– Aspetta e spera, amico.
– Te lo prometto, uno di questi giorni.
– Vedremo.
– La prossima volta portati la vasellina... Possiamo continuare adesso, per piacere?
Attaccò a suonare.
– THU   –   CUDADUNG   CUDADUNG

CUDADUNG

  – THU   –   CUDADUNG CUDADUNG

CUDADUNG

Gli ottoni: – DUUH – DU DUHH –

             DUUH DU DUHH –

             DEH –

             DU DU DUUH –

Outspan e Derek gli andarono dietro.

  – DONG CADDA DONG CADDA DONG CADDA DONG –

Gli ottoni: – DUUH – DU DUHH –

             DUUH DU DUHH –

             DEH –

             DU DU DUUH –

  – OOH WHEN YOU FEE – IL LIKE YOU CAN'T GO –

                OH ON –

Le Commitmentettes: – CAN'T GO OHON –

– JUST 'COS ALL O' YOUR HOPE IS –

             GOHON.

– Ah, cazzo, che altro c'è adesso?

– Mi è partita di nuovo la corda, disse Outspan.

– Ma vaffanculo, tu e la tua corda.

– State calmi, disse Joey The Lips.

C'erano dei piccoli sassofoni disegnati agli angoli del manifesto.

– Sabato, 24 marzo, c'era scritto in alto. – Nella sala rionale, la Band più Proletaria del Mondo, I Salvatori del Soul, i Commitments. Ingresso: 2£. (Ridotto: 1£). Al Popolo la Musica del Popolo.

– Io lo detesto, disse Billy.

– A chi lo dici, cazzo, non lo sopporta nessuno, fece Jimmy.

– Ma io dico sul serio. ... Lo detesto.

– Tutti lo detestiamo, te l'ho detto.

– Fino al punto di ucciderlo?
– ... Be', forse no, non così tanto.
– Io l'ammazzerei, cazzo. Dico sul serio, cazzo.
– E poi chi canta?
– ... Non ci avevo pensato.

– Peccato però, che non facciamo delle canzoni nostre, disse Outspan durante una pausa.
– Già.
– Una canzone non appartiene a nessuno, disse Joey The Lips. – Il copyright di tutte le canzoni appartiene al Signore.
– Sì, col culo, fece Outspan.
– Abbiamo i pezzi di Dublino, disse Derek.
– È vero.

– Ci serve un Fratello per il mixaggio, disse Joey The Lips.
– Ce l'abbiamo già, disse Jimmy.
– Chi?
– Io.
– Bene bene.
– Lo sai fare? chiese Outspan
– Non so fare un cazzo, disse Jimmy. – Ma sono andato bene in scienze agli esami.

Deco se l'era comprato, lo smoking. E si era comprato anche la camicia e il cravattino a farfalla, il giovedì prima del concerto. Gli altri Commitments andarono in centro a noleggiare i loro.
Joey The Lips mandò uno dei suoi smoking in lavanderia. Dean si infilò sotto il letto e trovò quello che ci aveva buttato. Mise a bagno la giacca fino a togliere quasi tutto lo sporco. Poi portò il tutto in lavanderia.
Le scarpe nere vennero tirate fuori e lucidate, oppure comprate o prese in prestito.

Il venerdì ci furono le prove generali.

Joey The Lips era già vestito quando arrivarono i Commitments.

– Oh, Cristo buono, Joey! fece Outspan.

– Mi sembri Dickie Davies, disse Dean.

– Non so chi sia questo tale, disse Joey The Lips. – Ma accetto comunque il complimento. Grazie, Fratello.

– Sei splendido, Joey, gli disse Imelda.

– Joey? disse Outspan. – Come si fa a piegare il fazzoletto così? Io non ci riesco.

Joey The Lips mandò le ragazze a vestirsi in cucina. I ragazzi si cambiarono in garage. Ci furono molti commenti e risate sulle mutande e roba del genere. Nessuno di loro giocava a pallone, quindi era tanto che non si svestivano in pubblico. Si divertirono.

– Cristo, guarda che bei muscoli.

– Vaffanculo.

– Vieni, vieni, bel giovanotto, che ci facciamo una bella scopata.

– Ma vaffanculo, va'.

– Dove l'ho messa, cazzo? disse Outspan.

– Che cosa?

– La mazza. ... Ero sicuro di essermela infilata in una calza prima di uscire.

Anche James si unì al divertimento generale.

– Lo sapete come si chiama in latino quell'arma che avete lì davanti?

Qualcuno bussò alla porta che dava in cucina.

– Possiamo entrare? chiese Imelda.

I ragazzi gridarono entusiasti, e si presero a calci e botte.

Deco si mise le mani sull'inguine (anche se ne sarebbe bastata una sola) e gridò: – Ho qui una tromba da farti suonare, Imelda.

– Vaffanculo, urlò Natalie.

– Cristo, Cuffe, vacci piano. Che cazzo!

– Ho qui un culo da farti baciare, gli rispose Imelda urlando da dietro la porta chiusa. – Possiamo entrare?

– No.

– Avanti, Sorelle.

– Be', allora entriamo.

Deco fischiò.

Imelda entrò per prima (– Cazzo buono!), seguita da Natalie (– Cazzo, ragazze, complimenti) e poi da Bernie.

– Mi vergogno da morire, disse Bernie.

Le ragazze erano fantastiche; gonna nera attillata appena sopra il ginocchio, con una piega dietro per poter camminare, maglietta nera senza maniche, capelli tirati su, a parte la frangetta, in modo da assomigliare il più possibile alle Ronettes, tacchi a spillo neri, ombretto nero molto marcato, rossetto scarlatto.

Erano tutte rosse in faccia.

Joey The Lips applaudì.

Jimmy disse: – Be', come dice James, non ha senso se non hai una donna o una ragazza.

– Io non ho mai detto niente del genere, disse James.

– James Brown, testa di cazzo.

Le ragazze ammirarono gli smoking. Ci furono parecchie risatine e molti arrossirono.

Joey The Lips diede una mano a sistemare i fazzoletti nei taschini.

I pantaloni di Billy avevano una gamba più lunga dell'altra.

– Ah, ma che cazzo, disse.

Aveva l'aria molto delusa.

– Tanto stai dietro la batteria.

– Ma le gambe si vedono lo stesso.

– Domani te li aggiusto io, disse Natalie.

– Me li aggiusti?... Grazie.

Suonarono meglio, con gli smoking. Erano più attenti e più precisi. Con su il vestito, Deco tendeva a stare fermo in un posto. E così andava benissimo. Quando aveva la tuta saltava per il garage, pestando i piedi e dando sui nervi a tutti. Dean si scambiò la giacca con Jimmy. (– Tu che te lo sei messo a fare lo smoking? chiese Outspan a Jimmy.

– Il soul è dignità, gli rispose Jimmy.

– Siamo grandi, cazzo, una grande band, fece Outspan.

– Diciamo la verità. Perfino gli inservienti hanno il vestito.

– Non sono mica un servo io, disse Jimmy. – Cazzo, sono il vostro manager.

– E non dimenticartelo, disse James.

– Ci mancherebbe, cazzo.) La giacca di Jimmy era più ampia: così Dean sarebbe riuscito meglio a portare in alto il sax. Billy non fece cadere nessun tamburo.

Joey The Lips fece vedere a Jimmy come si usava il mixer.

– Allora devo solo spingere un po' su e giù questi aggeggi, quando il suono non va?

– Esatto, disse Joey The Lips.

– Fantastico, disse Jimmy. – Non ci vuole niente. Anche uno stronzo qualunque sarebbe capace. Chi sa se così riesco a fare colpo su qualche pollastrella. Che dici? Le abbaglio con la scienza.

– Funziona, amico... Funziona.

Finirono più presto, si tolsero l'uniforme e andarono a bere.

L'inizio era per le sette e mezza.

I Commitments si erano dati appuntamento in sala alle sei. Jimmy arrivò alle cinque, col vestito nascosto sotto un giaccone che non si metteva più dai tempi della scuola.

Poco dopo arrivarono Billy e Dean. Billy era venuto col furgone del posto dove lavorava. Tirarono fuori tutta l'attrezzatura, ma lasciarono nel furgone il piano della mamma di Joey The Lips, in attesa che arrivasse qualcun altro ad aiutarli.

Alle cinque e mezza spuntò il custode da una porta accanto al palcoscenico.

– Che volete? chiese il custode.

Vide la batteria.

– Questa non è la roba del bingo.

– Niente bingo stasera, capo, disse Jimmy.

– Ma come, è sabato, disse il custode.

Tirò fuori il giornale dalla tasca della giacca e controllò la data.

– Sì. ... Sabato.

Jimmy gli spiegò come stavano le cose. – Hopa... Il tizio che chiama i numeri è in ospedale, e padre Molloy ha detto che potevamo averla noi la sala, stasera.

– A me non ha detto niente, disse il custode. – E allora potete anche prendervi i tam-tam e tutti gli altri arnesi dal palcoscenico e andarvene. Per quanto mi riguarda, stasera c'è il bingo. Fino a quando non mi arriva una comunicazione ufficiale.

– Perché non glielo vai a chiedere, allora? fece Jimmy.

Padre Molloy abitava lì di fronte.

– Io non vado da nessuna parte, disse il custode. – Non è compito mio andarglielo a chiedere, non fa parte del mio lavoro.

– Che lavoro sarebbe? chiese Billy.

– Io faccio il custode, disse il custode.

– Non lo fai molto bene, però, disse Billy. – Guarda com'è ridotto questo posto.

– Sta' zitto un momento, Billy, disse Jimmy. – Allora ci vado io da padre Molloy, va bene?

– Prima dovete portare fuori tutta la vostra roba. Non voglio niente qui, se non mi danno una comunicazione ufficiale.

Jimmy lanciò un'occhiata a Billy e Dean.

Loro cominciarono a raccogliere i tamburi.

88

– È con i soldi della questua che ti pagano lo stipendio, fece Billy al custode.

– Se è per quello che ci metti tu non andrei molto lontano, disse il custode.

– Be', da oggi in poi avrai dieci pence in meno.

– Diciamo pure venti, disse Dean.

– Non c'è problema, disse il custode. – Io di solito ne mettevo cinquanta. Vuol dire che adesso ne metterò solo trenta.

Cominciavano a piacersi. Il custode li aiutò a portare due microfoni.

– Direi che non è mica troppo faticoso, eh? disse Billy.

– Che cosa?

– Il tuo lavoro.

– Ah, sì, non c'è male, ammise il custode. – Se devo dire la verità, non faccio un cazzo. Il martedì guardo le donne che vengono a lucidare il pavimento. Tiro fuori le sedie per il bingo. Apro le finestre per mandare via l'odore dei giocatori di calcio. E basta... La paga fa schifo, però.

– Eh, ci credo, disse Billy.

Prese una sigaretta dal pacchetto che il custode gli allungò.

– Quelli che giocano a pallone puzzano più di quelli del calcio gaelico, disse il custode. – Forse perché le mamme non gliele lavano troppo spesso, le magliette.

– Le mamme degli altri sono tutte donne di paese, invece, disse Dean. – Passano il tempo a lavare i panni.

– Questo è vero, disse il custode. – Vi devo tirare fuori le sedie?

– No, disse Billy. – Facciamo una cosa in piedi.

– Benissimo, disse il custode. – Allora me ne vado a casa a vedere Jim'll Fix It. Non fa niente se vi lascio da soli per un po'.

Tornò Jimmy.

– Padre Molloy dice che va bene.

– Benissimo, disse il custode. – Allora vi do una mano a riportare dentro la roba... Che dite, la posso provare la batteria?

– Non c'è problema.

– Ti faccio vedere il mio sassofono.

– Ah, che bello.

Stavano arrivando anche gli altri Commitments.

Joey The Lips e Bernie arrivarono insieme, tenendosi per mano. Bernie aveva su il casco.

– Ma che cazzo sta succedendo? chiese Outspan.

– Non sono fatti tuoi, disse Imelda.

– Quello è peggio di un coniglio, fece Outspan.

– Perché, tu che ne sai? gli rispose Natalie.

– Stavo pensando, Fratello Jimmy, disse Joey The Lips.

Le ragazze erano nella stanza del custode a cambiarsi. Il custode se n'era andato a casa. I ragazzi si erano seduti o se ne andavano in giro sul palcoscenico, eccitati, emozionati e un po' a disagio.

– Ci servono dei duri, dei buttafuori.

– Ho già organizzato tutto, disse Jimmy.

– Come? chiese Derek.

– All'ingresso ci pensa Mickah Wallace.

– Oh, cazzo, no! disse Outspan.

La piccola cicatrice che aveva sulla fronte era stato un omaggio di Mickah Wallace.

– Quello stronzo! È capace di andare a farsi fottere coi nostri soldi.

– No, non se ne va, disse Jimmy. – È uno a posto, Mickah.

– È un selvaggio del cazzo, disse Derek.

– Chi è? chiese Deco.

– Vuoi dire che cosa è, gli rispose Outspan.

– L'hanno sbattuto fuori dalla scuola, raccontò Derek, – perché ha spaccato le ossa alla direttrice della sezione femminile. ... Femminile, dico! L'ha presa a calci in culo

90

per tutto il cortile perché lei l'ha scoperto che fumava e voleva portargli via il pacchetto.

– Lo vedete questo?

Outspan credeva di aver messo il dito sulla cicatrice, ma invece era dalla parte sbagliata.

– Me l'ha fatto lui. Mi ha buttato una pietra in testa, cazzo, durante una partita. Era in porta e mi restava solo lui davanti. E che fa il coglione? Mi butta una pietra in testa, cazzo.

– Cristo!

– Ho segnato lo stesso, però.

– Ma che dici! fece Derek.

– Cazzo, come no!

– Era fuorigioco.

– Ma no, cazzo.

– Andate affanculo, voi due, disse Jimmy. – È stato un secolo fa. Eravamo tutti degli imbecilli, allora.

Outspan non aveva ancora finito.

– Quando è andato a finire a Mountjoy, è salito sul tetto del carcere perché il tizio nella sua cella aveva l'AIDS, e si è messo a tirare tegole in testa agli sbirri.

– Non è vero, disse Jimmy.

– Sì, era lui.

– Lo dici tu che era lui.

Jimmy spiegò agli altri com'era andata.

– Era al telegiornale. C'erano dei tizi sul tetto. E Outspan ha detto che uno di loro era Mickah.

– È perché l'ho riconosciuto.

– Ma se avevano i maglioni arrotolati in faccia.

– Ho riconosciuto il suo maglione.

– Ma vaffanculo. ... Insomma, il buttafuori lo fa lui, e basta. Andrà tutto bene.

– Lui e chi altro? chiese Derek.

– Non ci serve nessun altro, disse Jimmy. – Nessuno si mette a fare lo stronzo se c'è Mickah.

James intervenne. – È uno a posto, Mickah.

– Tu che ne sai?

– Ci vediamo spesso. ... Mi ha prestato dei libri.

– Leggi ancora i libri per bambini, eh? disse Outspan.

– Non farti sentire da Mickah, disse Jimmy.

– Accordiamo gli strumenti, Fratelli, disse Joey The Lips.

Vennero fuori le ragazze.

– Che chiavatone che siete, disse Deco.

Tirò fuori la lingua e la fece andare su e giù.

– Vaffanculo, disse Natalie.

Gli altri Commitments si cambiarono.

Erano le sette. Tornò il custode.

– Pure i vestiti, disse.

– Già, fece Jimmy.

– Andate in smoking.

– Approvi?

– Ah, molto eleganti. È veramente un sacco di tempo che non vedevo una band coi vestiti tutti uguali.

Andò dalle ragazze.

– Conosco tuo padre, disse a Imelda.

– E allora? gli fece Imelda, alzando gli occhi al cielo.

– Sei tale e quale a lui, disse il custode. – Una stronza con una gran faccia tosta.

Arrivò Mickah Wallace.

– Come va, Mickah, disse Outspan.

– Non c'è male, disse Mickah. – E tu?

– Non c'è male.

– Cosa suoni, la chitarra?

– Già.

– Siete bravi?

– Non c'è male.

– Siamo il meglio, disse Jimmy.

Quelli che non erano di Barrytown si misero a guardare Mickah. Non era quello che si aspettavano: un animale gigantesco, uno skinhead o un imbecille, o magari tutte e tre le cose insieme. Questo Mickah era piccolo e nervoso, sempre in agitazione. Si muoveva anche quando stava fermo.

– Anch'io ho una voce niente male, sai, disse Mickah a Jimmy. – Dammi qua, amico, per favore.

Prese il microfono di Deco. Deco si fece da parte.

– Non preoccuparti, disse Mickah. – Non ti soffio il posto.

Si sbatté forte il microfono sulla fronte.

– Un buon microfono, questo, resistente. Una qualità rara di questi tempi.

Picchiettò sul microfono.

– Prova, uno due, prova. Signore e signori, si chiude, per favore.

Picchiettò di nuovo.

– Ed è Ben Nevis in dirittura d'arrivo, Lester non tocca la sella. Dai, Ben Nevis, forza, dai, dai... Merda! È crollato al suolo.

Gli altri non avevano il coraggio di ridere

– E adesso canterò per voi.

Tossì.

– RED RED –

      WIY –

          YUN –

STAY CLOSE TO –

        ME –

            EE YEAH...

– Che viene dopo?

Restituì il microfono a Deco.

– Come va, James, disse. – L'hai letto l'ultimo che ti ho dato?

– Sono a metà.

– È meglio di Comma 22, vero?

– Non direi, Mickah.

– Ma certo, cazzo, figuriamoci, disse Mickah. – Quanto si paga all'ingresso, Jimmy?

– Due sterline.

– Così poco? Allora non valete niente.

– Chi vivrà vedrà, Fratello, disse Joey The Lips.

– A te però non ti resta molto da vivere, eh, amico? disse Mickah.

Fino a quel momento non si era accorto di Joey The Lips.

– Cazzo, guarda come sei ridotto.

Imelda rise.

Bernie la zittì con un'occhiataccia.

– Possiamo entrare?

Alla porta c'era un ragazzino.

– No, gli urlò Mickah.

– E allora quando?

– Quando lo dico io. Adesso chiudi la porta, cazzo.

Mickah saltò giù dal palcoscenico. Atterrò davanti al custode, che era tornato con su una camicia pulita.

– Ho bisogno di un tavolo, ragazzo, gli disse Mickah.

Mickah e il custode portarono un tavolo vicino alla porta, e si sedettero dietro. Jimmy chiuse il sipario, che era un coso rosso, orribile. I Commitments, a turno, aprivano uno spiraglio per guardare in sala. Il custode trovò un barattolo vuoto per i soldi.

– Bene, disse Mickah.

Si lasciò scivolare sulla sedia e allungò le gambe in modo da riuscire ad aprire e chiudere la porta con un piede.

– Dai, forza, entrate, gridò.

Ce n'erano una dozzina fuori, tutti ragazzini, fratelli e sorelle dei Commitments e i loro amici.

Il custode prendeva i soldi. E Mickah metteva in chiaro le cose, quando passavano davanti al tavolo per entrare in sala.

– Se fai casino ti ammazzo, è chiaro?

– Io ho solo una sterlina, disse un ragazzino.

Il custode si voltò a guardare Mickah.

94

– Lascialo entrare, disse Mickah.

Jimmy era in piedi dietro di loro.

– Per quanto tempo suonate? gli chiese Mickah.

– Più o meno un'ora.

– Dopo mezz'ora lo butto fuori.

– Io sono disoccupato, disse un altro ragazzo allungando la sua sterlina.

– Stamattina non lo eri però, quando ti ho visto che consegnavi il latte, disse Mickah.

– Dopo mi hanno licenziato.

– Entra.

Il custode prese la sterlina.

La sala non era grande, ma in piedi ci stavano trecento persone. Alle sette e mezza c'era ancora posto per altre duecentosettanta.

Mickah guardò fuori.

– Non c'è più nessuno fuori.

Jimmy guardò la folla. Quattro amici suoi, di Derek e Outspan stavano appoggiati al muro in fondo. Li aveva fatti entrare senza pagare. Con loro c'era Ray Ward (ex And And! And). Lui aveva pagato. Ce n'erano altri sei un po' più grandi, intorno ai vent'anni o quasi, amici, pensava, di Deco o Billy o Dean. C'erano tre ragazze, amiche di Imelda, Natalie e Bernie. E il resto erano tutti ragazzini, tutti tranne una, la mamma di Outspan. Il custode le trovò una sedia e lei si sedette davanti, di lato.

Outspan guardò per l'ennesima volta. Poi lasciò cadere il sipario.

– Cazzo, disse. – Me l'aveva promesso che non veniva.

– Arrossisco io per te, disse Bernie.

– Il soul non ha limiti di età, disse Joey The Lips.

– Vaffanculo, Joey, disse Outspan.

– Si è messa la pelliccia, annunciò Imelda, che adesso era vicina al sipario.

– E vaffanculo anche a lei, disse Outspan. – Io non ci vado in scena.

– Se non esci a suonare, disse Deco – lo dico al tuo amico Mickah.

Outspan lo guardò.

– Mia mamma gliele suona quando vuole, a Mickah Wallace.

Alle otto meno dieci Jimmy chiuse la porta. Il numero era aumentato di tre, suo fratello Darren e i suoi amici.

Jimmy afferrò Darren per una spalla.

– Vieni qua, coglione. Eroina si scrive con una sola R.

Gli mollò una sberla sull'orecchio.

– Fai andare tutti davanti, Mickah, per piacere. Fa più effetto.

– Subito. ... Ottima idea.

– Non vogliamo mica demoralizzare il gruppo.

– No, cazzo.

Mickah andò a farsi un giro in fondo. E spinse tutti davanti.

– Andate davanti e applaudite, cazzo, se no vi faccio vedere io.

Tutti obbedirono. Mickah li seguì.

– Urlate quando si apre il sipario, d'accordo?... E applaudite come dei dannati. Gran concerto, eh, signora Foster, gridò alla mamma di Outspan.

Billy fece qualche passo indietro per guardare lo striscione.

– Non si scrive così eroina.

Anche Imelda lo guardò.

– Ah, guardalo, disse. – È fantastico.

– La siringa è fatta bene però, eh? disse Dean.

– Va benissimo, disse Derek. – È perfetto... Tanto nessuno di questi stronzi sa come si scrive.

Jimmy era dietro le quinte.

– Cazzo, se ci mettiamo a ballare per Walking In The

Rain cadiamo dal palcoscenico, disse Natalie. – È molto più piccolo del garage di Joey.

– Andrà tutto bene, disse Jimmy. – Siete delle professioniste.

– Addirittura!

I Commitments erano tutti ai loro posti.

Jimmy era in piedi su un lato del palcoscenico. Aveva un microfono in una mano e il cordone del sipario nell'altra. Fece un cenno con la testa agli altri. Loro si guardarono, si scambiarono degli sguardi e rimasero fermi, pronti, molto seri.

Era arrivato il momento. Anche se c'erano solo trentatré persone in sala. James Brown aveva suonato anche per meno gente. L'aveva detto Joey The Lips.

– Signore e signori, disse Jimmy al microfono.

Ci fu un grido di entusiasmo, anche piuttosto forte, dall'altra parte del sipario.

– Vi chiedo di mettere insieme le vostre mani di lavoratori in un applauso per i vostri eroi. I Salvatori del Soul, La Band più Proletaria del Mondo... Sì, sì, sì... i Commitments.

Lasciò andare il microfono e tirò il cordone. Il sipario rimase chiuso.

– Hai sbagliato corda, ragazzo, disse il custode.

– Cazzo di stronzo, disse Imelda.

Il custode aprì il sipario. Ci fu un altro grido. (Jimmy si precipitò alla consolle per il mixaggio. – Ehi, voi, via di là.) Le luci erano ancora accese in sala. In alcuni punti c'erano meno di due file di spettatori. Il custode andò a spegnere le luci.

Gli applausi s'interruppero. Si spensero le luci. Ci fu qualche grido, ma niente musica.

– Dai, sbrigatevi, gridò un ragazzo.

– Chi è stato? disse Mickah. – Chi ha parlato? Lo videro che si lanciava davanti, afferrando varie spalle a caso.

– Billy, disse Joey The Lips.

– Sì?

– I Thank You.

– Come?... Ah, sì, cazzo! Scusami.

– THUH THUH – DAH THUH – THUH THUH – DAH –
THUH –

– THUH THUH – DAH THUH – THUH THUH – DAH –
THUH –

Deco fece qualche passo avanti e poi si mise a camminare sul davanti del palcoscenico. Guardò in basso, verso il suo pubblico.

– Vorrei chiedervi di alzarvi tutti dai vostri posti (– Ma quali posti, cazzo? gridò Mickah.)... per mettere insieme braccia e mani e farmi uno di quei famosi applausi del vecchio soul.

Billy: – THUH THUH – DAH THUH – THUH THUH –
DAH – THUH –

Attaccò Derek al basso.

Deco cantò.

– YEH DIDN'T HAVE TO LOVE ME LIKE YEH DID BUT
YEH DID BUT YEH DID –

Joey The Lips e Dean: – TRUP –

Deco e le Commitmentettes: – AND –

    I – THANK – YOU –

– YEH DIDN'T HAVE TO SQUEEZE ME –

Le ragazze si diedero una stretta, forte.

– Su, dai! gridò qualcuno.

– LIKE YOU DID BUT YOU DID BUT YOU DID –

Gli ottoni: – TRUP –

– AND –

    I – THANK – YOU –

Una manina afferrò la scarpa di Bernie. Lei la schiacciò e ci rigirò sopra il piede.

– AAAH!... Oh, mamma!... Che stronza!... Cristo!

– EVERYDAY –

THERE'S SOMETHING NEW –

YOU PULL OUT YOUR BAG AND YOUR BATH IS DUE –

Imelda si annusò sotto le ascelle. Qualcuno fischiò.

– YOU GOT ME TRYING –
NEW THINGS TOO –
JUST –
SO –
I –
CAN KEEP UP WITH YOU –
YOU DIDN'T HAVE TO SHAKE IT –
Le Commitmentettes si diedero una scossa.
– LIKE YOU DID BUT YOU DID BUT YOU DID –
Gli ottoni: – TRUP –
– AND –
I – THANK – YOU –
YEH DIDN'T HAVE TO MAKE IT –
Si sentì un microfono stridere.
– Chiedo scusa, urlò Jimmy. – È colpa mia... Non lo faccio più.
Però lo rifece.
Fino a quel momento Outspan non aveva suonato nemmeno una nota. Se ne stava lì impalato a guardare fisso per terra. Deco saltava su e giù (adesso che si era abituato al vestito) e Joey The Lips e Dean erano stati costretti a spostarsi più indietro, troppo vicino alla batteria. Natalie aveva le scarpe che le segavano i piedi. I capelli di Bernie si stavano sciogliendo.

Ma se la stavano cavando bene. I trentatré spettatori e Mickah si stavano godendo lo spettacolo. E si aspettavano che Deco cadesse dal palco da un momento all'altro.

Quindi non ci sarebbe stato nemmeno bisogno dell'incoraggiamento di Mickah, quando finì I Thank You.

– Applaudite, dai, forza... Applaudite!

Stavano già applaudendo. La signora Foster si era alzata dalla sedia. Non si era accorta che suo figlio non aveva ancora fatto niente.

– Salve, Barrytown, disse Deco.

99

– Salve, Deco!

Deco si passò un braccio sulla fronte.

– Vi è piaciuto il mio gruppo, spero, fece.

Quelli che in quel momento guardavano gli altri Commitments li videro irrigidirsi, e videro Billy che faceva un gestaccio alle spalle di Deco con una delle bacchette.

– Questa si chiama Chain Gang.

– HUH———————

HAH———————

HUH———————

HAH———————

Outspan si girò in modo da non guardare dritto verso sua madre. E le cose andarono meglio. Attaccò a suonare, sempre la stessa nota, ma almeno era un inizio.

Derek cantò.

– WELL DON'T YEH KNOW –

Deco gli si piazzò davanti.

Deco: – THAT'S THE SOUND OF THE MEN –

WORKING ON THE CHAIN –

GA – EE – NG.

Si erano messi a ballare. Erano in molti a ballare tra il pubblico, come tanti piccoli mod, una mossa, una giravolta insieme, braccia incrociate, una giravolta, braccia incrociate, una giravolta, a tempo di musica. Mickah provò a fermarli.

– State a sentire la musica e basta, va bene?

Ma quella era la loro musica. Jimmy vide la mamma di Outspan che ballava con gli altri. Mickah ci rinunciò, li lasciò fare.

C'erano due metallari appoggiati al muro, da un lato. Mickah si avvicinò.

– Mettetevi a ballare, voi due.

Loro si misero a dare dei colpi con la testa.

– No, non così.

Mickah li interruppe.

100

– Come loro.

Intanto sul palco stava per succedere un incidente. Era il momento dell'assolo di James; Deco, per passare il tempo, si stava facendo girare il microfono sulla testa. Lo lanciava su a destra e veniva giù a sinistra. Venne giù sulla testa di Bernie, colpendola sulla nuca. Lei fece un volo in avanti e dovette saltare giù dal palcoscenico.

I Commitments si fermarono.

Ci furono degli Aah di delusione dalla folla, seguiti da applausi istigati da Mickah.

Joey The Lips saltò giù dal palcoscenico. Ci furono urla di entusiasmo. Anche Jimmy era lì, davanti al palcoscenico, ad aiutare Bernie a cercare il tacco della scarpa che le si era rotto. Cercando, si dimenticò che le faceva male dietro la testa.

Deco se ne sentì dire quattro.

– Che stronzo che sei.

Imelda gli allungò un calcio e fece centro. Billy gli tirò dietro una bacchetta che gli arrivò sulla spalla.

– Te l'avevamo detto di non fare così, gli disse Derek.

– Mi ero dimenticato.

– E un'altra cosa, disse Billy. – Non siamo il TUO gruppo, cazzo.

– Okay, okay, disse Deco.

Era in piedi sul bordo del palcoscenico. Outspan lo guardava con un'aria cattiva.

– Chiedo scusa, chiedo scusa, va bene?

Tornò Bernie. Aveva lasciato le scarpe e il tacco in mano a Jimmy. Imelda e Natalie si tolsero le scarpe.

– Ben fatto, Sorelle, disse Joey The Lips.

Si fermò davanti a Deco.

– Adesso chiedi scusa molto, molto gentilmente a Bernadette o ti becchi la mia tromba nel culo.

Deco non ci poteva credere. Quello stronzetto pelato lo stava minacciando.

– Muoviti! urlò Joey The Lips.

Deco si fiondò.

– Ascolta, Bernie... Mi dispiace, sai... Davvero.

– Eh... be', disse Bernie.

– Quello che Bernie sta cercando di dirti, disse Imelda,
– è che sei uno stupido coglione.

Mickah cantava dal fondo, dietro la folla.

– COS'A –

SPET –

TIAMO –

– Okay, disse Deco al microfono. – Molte grazie. Questa
era dedicata a quelli che sono in prigione, a Mountjoy per
esempio, ai ragazzi che sono dentro per droga... capito...
perché quella è una catena per loro... Speriamo che guari-
scano presto e... perché, come dice lo striscione, l'eroina
uccide.

– Anche tu ci stai uccidendo.

– Chi ha parlato?... Vieni qua, tu.

Videro Mickah sollevare di peso un bambino e portarlo
verso l'uscita.

– Non si scrive così eroina, disse un ragazzino approfit-
tando dell'assenza di Mickah.

– Vaffanculo, sapientone, disse Deco. – E poi, chi vuole
veramente combattere la droga può sempre provarci... così.

Non successe niente.

– Billy.

– Cosa?

– Reaching Out.

– Ah, già!

– THU – CUDADUNG CUDADUNG CUDADUNG

– THU – CUDADUNG CUDADUNG CUDADUNG

Outspan era più contento, adesso. Derek teneva gli occhi
chiusi. Dean si passò il fazzoletto sul viso. Cadde un tamburo. Billy andò avanti.

– JUST LOOK OVER YOUR SHOULDER, urlò Deco.

Le Commitmentettes si guardarono alle spalle.

– THU – CUDADUNG CUDADUNG CUDADUNG
– THU – CUDADUNG CUDADUNG CUDADUNG
– I'LL –

BE THERE –

TO LOVE AND CHERISH –

YOU –

HOU –

OU –

I'LL –

BE THERE –

WITH A LOVE THAT IS SO –

TRUE –

HUE –

UE.

Dandoci dentro sull'unica corda, Derek fece un salto all'indietro e andò a sbattere contro il piano. James si trovò con le dita sui tasti sbagliati. Il piano si era spostato. Era andato a sbattere contro il fondale, che era lo scenario di South Pacific del gruppo del musical (lo stesso scenario che avevano usato l'anno prima per Tutti insieme appassionatamente, con una palma decisamente gialla dipinta su una delle colline).

La canzone era finita. Il pubblico se ne accorse solo quando Mickah disse a tutti di applaudire.

Il custode andò a verificare i danni.

– Niente di grave. ... E poi tanto fa schifo, 'sta cosa. Anche uno spastico è capace di dipingere meglio di così, disse a Jimmy mentre scendevano tutti e due dal palcoscenico.

– Come vanno le cose qui sotto? chiese Deco al suo pubblico.

– Benissimo, grazie, gli rispose la signora Foster.

– Okay, fece Deco. – Questa è per i ragazzi che lavorano alle ferrovie.

103

– Ma che gli viene in mente? chiese Billy a James.
Stava rimettendo a posto il tamburo.
– Non ne ho la più pallida idea, disse James.
– ALL ABOARD, disse Deco. – THE NIGHT TRAIN.
Questa la sapevano, i piccoli mod e modette. Gridarono
entusiasti. Formarono un treno mentre i Commitments at-
taccavano. Joey The Lips e Dean puntarono gli ottoni verso
le luci. Derek e Outspan si muovevano insieme, a tempo di
musica. Deco marciava avanti e indietro davanti al palcoscenico. Le ragazze uscirono di scena per dare un'occhiata
al tacco di Bernie. Billy lanciò una bacchetta tra la folla.

Non la prese nessuno, perché si erano messi tutti a fare il
treno che girava in cerchio in mezzo alla sala, con Mickah al
posto del vagone di servizio.
– OH, YEAH, attaccò Deco.
OH, YEAH –
Si mise a ruotare le braccia.
– MIAMI FLORIDA –
ATLANTA GEORGIA –
RALEIGH NORTH CAROLINA –
WASHINGTON D.C. –
Perse il filo per un secondo.
– UN QUALCHE CAZZO DI POSTO IN WEST VIRGINIA –
BALTIMORE MARYLAND –
PHILADELPH – EYE – AY –
NEW YORK CITY –
HEADING HOME –
BOSTON MASSACHU – MASSATUST –
O COME SI DICE –
AND DON'T FORGET NEW ORLEANS THE HOME OF THE
BLUES –
OH YEAH –
THE NIGHT TRAIN –
THE NIGHT TRAIN –
COME ON NOW –

THE NIGHT TRAIN –
THE NIGHT TRAIN –
NIGHT TRAIN –
CARRIES ME HOME –
NIGHT TRAIN –
CARRIES ME HOME –

Deco lasciò che gli altri Commitments andassero avanti senza di lui. Stava arrivando il momento più importante.

Stava per nascere il soul di Dublino.

Si passò le mani sui pantaloni. Joey The Lips gli fece un segno col pollice in su. Le Commitmentettes tornarono in scena.

Joey The Lips e Dean stavano riportando il treno verso Deco.

Deco grugnì: – PARTENDO DA CONNOLLY –

Il treno in sala si fermò, in attesa di sentire quello che veniva dopo.

Deco stava viaggiando in treno da Dublino verso nord.

– ANDANDO VERSO KILLESTER –

Risero. Era grande. Tutti spinsero per avvicinarsi al palcoscenico.

– HARMONSTOWN RAHENY –

Ci furono urla di entusiasmo.

– E NON DIMENTICATE KILBARRACK – PATRIA DEL BLUES –

Era nato il soul di Dublino.

– HOWTH JUNCTION BAYSIDE –

E POI SUTTON DOVE STANNO I RICCHI –

OH YEAH –

NIGHT TRAIN –

La voce gli partì, ma riuscì a riprendersi.

– SI VIAGGIA TUTTI A SBAFO –

Urla di gioia selvaggia.

– NIGHT TRAIN –

UN DOBERMANN IN OGNI VAGONE

NIGHT TRAIN –
UN SACCO DI GUARDIE IN GIRO –
NIGHT TRAIN –
UNA POMICIATA SEDUTI IN FONDO –
NIGHT TRAIN –
GLI AMICI CHE TI SFOTTONO –
NIGHT TRAIN –
LE PATATINE DAL CINESE
OH NIGHT TRAIN –
CARRIES ME HOME –
THE NIGHT TRAIN –
CARRIES ME HOME –

Due ragazzini piombarono in scena e si misero a saltare su e giù, poi fecero per riscendere. Deco ne acchiappò uno e gli piazzò il microfono davanti alla bocca.

– Canta.

– Nemmeno per sogno.

– Forza. NIGHT TRAIN –

Il giovane mod squittì: NIGHT TRAIN.

Degli altri si arrampicarono sul palcoscenico e formarono un coro intorno al microfono.

– NIGHT TRAIN, urlarono.

– NIGHT TRAIN

– NIGHT TRAIN.

Poi finalmente la smisero. Le grida di entusiasmo andarono avanti per alcuni minuti. Derek si lasciò sfuggire un urlo.

Jimmy li chiamò fuori scena. Poi, da un angolo del palcoscenico, parlò al microfono.

– Signore e signori, un grosso applauso per... Sì, sì, sì, i Commitments... i Commitments, signore e signori... La Band più Proletaria del Mondo... i Commitments... portano il soul a Dublino... portano al popolo la musica del popolo... Sì, sì, sì, i Commitments.

Mickah mollava ditate nella schiena a tutti.

106

– Chiedete il bis. Forza... Ancora.

– ANCORA!

– Ancora!

– Non vi sento, disse Jimmy.

– Tu, dove credi di andare? chiese Mickah.

– A casa, gli rispose un ragazzino.

– Torna lì e applaudi. ... Forza.

– Devo andare a casa. ... Se no mia madre me le suona.

– Te le suono io se non torni subito lì.

– Non vi sento, ripeté Jimmy.

Mise una mano sul microfono.

– Prima What Becomes of the Broken Hearted, poi le ragazze fanno Stoned Love, poi uscite di nuovo e poi Knock on Wood, va bene?... Tutto chiaro?

– E It's a Man's World?

– Sono troppo giovani, disse Jimmy.

– When a Man Loves a Woman?

– Troppo lento, disse Jimmy. – Si stufano. Sono troppo giovani. Gli bastano un paio di cose veloci.

– Ma ne abbiamo provate tante altre, disse Derek.

– Fratello Jimmy dice la verità, disse Joey The Lips. – Una scossa breve e forte è quello che ci vuole per i Fratelli e le Sorelle molto giovani.

Arrivò il custode.

– C'è un tizio qui fuori, del Northside News o come si chiama.

– Finalmente la gloria, disse James. – Vivrò fino a martedì.

– Caspita! fece Natalie. – Si è portato anche la macchina fotografica?

– Sì, disse il custode. – Ce ne ha una borsa piena. Col flash e tutto.

Jimmy parlò al microfono.

– Eccoli di nuovo, signore e signori. Ritornano i Commitments.

107

Fece un cenno a James.

– Un applauso per James the Soul Surgeon Clifford, il Chirurgo dell'Anima!

Deco spinse in scena James. James se ne restò lì impalato.

– Questo è l'uomo che esegue trapianti al pianoforte, signore e signori... Clifford, il Chirurgo del Soul.

James si sistemò al piano.

– Alla batteria, Billy The Animal Mooney.

Billy saltò in scena e, a passo di gorilla, andò a mettersi alla batteria.

Jimmy li richiamò in scena uno alla volta. Gli urli più entusiasti furono per Joey The Lips.

Le ragazze furono le ultime.

– Per finire, disse Jimmy. – Le ragazze.

Ci furono degli urli selvaggi. Le ragazze si guardarono e alzarono gli occhi al cielo.

– Sonya... Sofia... e Tanya... Signore e signori, le Commitmentettes.

Entrarono in scena. Natalie si abbassò quando vide qualcosa arrivarle addosso nel buio. Atterrò alle loro spalle: un paio di mutandine celesti, di taglia piccola.

I Commitments persero la calma. Con un calcio, Deco sbatté le mutande giù dal palcoscenico. Ma tornarono indietro. Deco le calciò verso Jimmy.

– Okay, ragazzi, disse Deco ai fan. – Adesso andiamo tutti al ponte. THE BRIDGE.

– Dopo te le vado a prendere, va bene? disse Mickah.
– Alla fine.

– Hai detto che mi davi una sterlina, gli ricordò il ragazzo.

– Ti faccio entrare gratis la prossima volta, fece Mickah.

Questa ingiustizia lasciò il ragazzo stupefatto. Ci aveva appena fatto la figura dell'idiota, a lanciare le mutande a quelle tizie sul palcoscenico, e adesso non lo pagavano nemmeno. Poi gli tornò la parola.

– Che razza di coglione che sei.

Mickah gli mollò un paio di botte, poi si sentì in colpa e gli diede cinquanta pence e un'altra botta.

Il bis stava andando bene. I giovani mod conoscevano What Becomes of the Broken Hearted, e urlarono entusiasti quando Deco cantò il pezzo in cui aspettava sotto l'orologio di Cleary.

– Grazie, giovani Fratelli e Sorelle, disse Joey The Lips.

– Il Signore Gesù vi sorride dall'alto... Adesso le Sorelle, Sonya, Sofia e Tanya, salpano gli ormeggi... Fratelli e Sorelle, le Commitmentettes.

– Whooo! disse Deco. – Andiamo tutti al ponte.

– Ma quale ponte del cazzo?

– Chi l'ha detto? urlò Mickah.

– Il ponte Matt Talbot.

– Chi ha parlato?

Deco non si toglieva di mezzo. Rimase fermo al suo posto davanti alle ragazze, lanciando sguardi al suo pubblico.

Billy strillò: – Togliti di mezzo, cazzo.

– Calma, ragazzi, disse Deco.

Passò il microfono a Imelda. Lei glielo suonò sull'orecchio.

Poi attaccarono. Con l'accompagnamento più perfetto e meglio ritmato mai eseguito dai Commitments, le ragazze cantarono Stoned Love. Si dondolarono, batterono le mani, si fermarono. E prima che la folla potesse iniziare a urlare, ricominciarono daccapo. Jimmy dovette salire in scena per spingere via in modo gentile i ragazzini e le ragazzine.

Deco tornò in scena e attaccò Knock on Wood. La canzone finì in anticipo perché Deco andò a sbattere contro il microfono della sezione degli ottoni e metà della sezione degli ottoni gli mollò un calcio possente nel buco del culo.

Deco non sarebbe più stato in grado di cantare per diversi minuti, perciò Jimmy chiuse il sipario. James e Billy guardarono Deco inginocchiato per terra, piegato in avanti.

– Così ci è arrivato, al ponte, disse Billy.

– Già, fece James.

– Se l'è cercata lui, stava spiegando Dean a Jimmy.

– Ma non potevi aspettare che finisse di cantare, almeno? disse Jimmy. – O che finisse la frase.

Outspan rise.

Il primo concerto era finito.

Sotto il sipario spuntò la testa di Mickah.

– Hey, Jimmy, disse. C'è un imbecille qui del... Aspetta. Se ne andò. Poi tornò.

– Del Northside News. Vuole parlarti.

Quando Jimmy riaprì il sipario lo videro tutti, l'imbecille del Northside News. Era giovane, alto, con gli occhiali scuri.

– Grande concerto, disse l'imbecille del Northside News. – Con chi posso parlare?

– Io sono il cantante, gli fece Deco.

– Per il momento, disse Jimmy.

– Ben detto, Jimmy, disse Outspan.

– Mettete via gli strumenti, ragazzi, disse Jimmy. – Non toglietevi i vestiti però... Per le foto... Andiamo, Joey.

Jimmy saltò giù dal palcoscenico. Strinse la mano all'imbecille.

Fecero le presentazioni.

– E questo è Joey The Lips Fagan, disse Jimmy.

– Salve.

– Buona sera, Fratello.

– Saremo nel numero di venerdì prossimo? chiese Mickah all'imbecille.

– Da' una mano a Billy con l'attrezzatura, ti dispiace, Mickah?

Mickah afferrò Jimmy per i capelli.

– Tu dici per piacere.

– Per piacere, Mickah.

Mickah sorrise.

– Certo. Non c'è problema.

– È l'addetto alla sorveglianza, spiegò Jimmy.

– Il prezzo della gloria, disse Joey The Lips.

– Già, disse l'imbecille.

Aveva un quadernetto.

– Quando avete cominciato?

– Qualche mese fa, disse Joey The Lips.

– Come è nato il gruppo?

Jimmy iniziò a spiegare. – Be', ho messo un...

– Il destino, disse Joey The Lips. Era destino che succedesse.

Jimmy pensò che suonava così bene, perciò lasciò che fosse Joey The Lips a continuare.

– Amico mio, disse Joey The Lips. – Siamo una band con una missione.

– Una missione?

– Sì. Hai sentito bene.

L'imbecille guardò Jimmy, ma Jimmy non disse niente.

– Che tipo di missione vuoi dire?

– Una missione importante, Fratello.

Jimmy si chinò verso Joey e gli sussurrò:

– Non parlare di Dio.

Joey The Lips sorrise.

– Portiamo il soul a Dublino, Fratello, disse.

– Riportiamo la musica, il soul, alla gente... Al proletariato... Si scrive p-r-o-l-e-t-a-r-i-a-t-o.

– Grazie mille.

– Noi, disse Jimmy siamo contro la discriminazione razziale e sessuale e contro l'eroina, vero, Joey?

– È vero, disse Joey The Lips.

– Non la suoniamo Sun City, disse Jimmy.

– Di' alla gente, disse Joey The Lips all'imbecille, – di

mettersi le scarpe da soul, perché arrivano i Commitments e si ballerà per le strade.

– Questo farà notizia, disse l'imbecille.

– E ci saranno anche le barricate nelle strade, disse Joey The Lips. – Questa sì che è una grossa notizia.

– Uh, disse l'imbecille. – Buona questa. Quand'è il vostro prossimo concerto?

– Amico mio, disse Joey The Lips. – Siamo i Guerriglieri del Soul. Non annunciamo i concerti, noi. Colpiamo all'improvviso e poi risprofondiamo nella notte.

Jimmy toccò l'imbecille sulla spalla.

– Ci hai mancato la u, in Guerriglieri.

– Ah, sì. Grazie mille.

– Vuoi fare qualche foto?

– Sì, certo.

– Joey, controlla se le cravatte sono dritte, ti dispiace?

– Obbedisco.

Joey The Lips era seduto su una sedia. I Commitments gli stavano attorno, in piedi o in ginocchio. Bernie in braccio. Imelda era stesa davanti, appoggiata a un gomito, mento sulla mano e capelli sugli occhi. Natalie era nella stessa posizione, nella direzione opposta. Jimmy, Mickah, il custode e la signora Foster erano in piedi ai lati, come gli allenatori e i massaggiatori delle squadre di calcio. Così c'entravano tutti.

Per settimane non successe niente.

I Commitments continuarono a provare.

Jimmy fece il giro dei pub in centro dove si suonava. Uno prendeva solo gruppi heavy metal. Il manager spiegò a Jimmy che i metallari erano meno giovani, molto educati e bevevano come spugne.

In un altro locale, il barista disse a Jimmy che il manager scritturava solo gruppi tipo Echo e i Bunnymen, perché così gli facevano sempre una recensione dove in genere si facevano i complimenti al manager per il suo ruolo d'avanguardia.

La quarta sera Jimmy trovò un pub che avrebbe preso i Commitments per una serata, un giovedì, senza pagarli ma con tre pinte gratis a testa. Il capo barista era un grosso fan dei Motown e, con l'aiuto dei titoli su Northside News (I Soldati del Destino Soul), riuscì a convincere il proprietario.

Jimmy non riusciva a capire perché si chiamava Regency Rooms. C'era una sola sala, dieci volte più grande della sua stanza. I muri erano nudi e macchiati. Il pavimento era nudo e macchiato. E dalle sedie e dagli sgabelli veniva fuori l'imbottitura. Il palcoscenico era una pedana di compensato alta trenta centimetri.

– Non c'è spazio per tutti, disse Mickah.

– Lo so, disse Jimmy. – C'è spazio per Billy e le ragazze, e Outspan e Derek. Il piano lo mettiamo davanti alla porta dei cessi, d'accordo, Joey e Dean possono mettersi là e Deco in mezzo. E il mixer lì su tavolo.

– Ottima idea.

Quando il capo barista arrivò al lavoro si scaraventò su Jimmy.

– Potevi dirmelo che scritturavamo un'orchestra, cazzo.

– Come, non lo sapevi? gli rispose Jimmy. – Se sei un fan dei Motown... Siamo riusciti a farci stare tutti.

– Già. Ma occupate lo stesso mezzo pub, cazzo. ... Guarda lì, dov'è il piano. ... Ci stanno venti persone di solito, in quell'angolo.

– Col cazzo che ci entrano venti persone, disse Mickah. – Magari venti lepricani, cazzo. ... O bambini in provetta.

– Mickah.

– Eh?

– La batteria.

– Va bene.

– E poi, disse il capo barista quando Mickah fu a distanza di sicurezza, – è l'ultima volta che suonate qui. Senza offesa, ma non ci possiamo permettere di perdere tutto questo spazio. In genere prendiamo dei gruppi da tre.

Gli venne in mente qualcos'altro.

– Ancora una cosa. Di tre pinte a testa non se ne parla nemmeno. Non è possibile. ... Vi dovete accontentare di una.

– Ah, ma che cazzo! disse Jimmy.

– Siete milioni, disse il capo barista. ... – Tu puoi averne tre, d'accordo? Però fai finta di pagarmi.

Jimmy si guardò intorno.

– Va bene... Affare fatto.

C'era abbastanza gente. Bastavano trenta persone per affollarlo, quel posto. La sala era strapiena. La gente che era rimasta in piedi teneva il bicchiere in mano all'altezza delle spalle.

– È gente più vecchia, stavolta, osservò Jimmy. – Il concerto sarà migliore. Più adatto a un pubblico adulto. Capite cosa voglio dire?

I Commitments erano pronti sulla pedana, ad aspettare il via del capo barista.

– Questi sono maggiorenni, disse Jimmy. – Il nostro vero pubblico.

Outspan dalla pedana scrutava la folla in cerca di sua madre. Non pensava che avrebbe avuto il coraggio di venire anche stavolta, ma voleva esserne sicuro.

Jimmy si fece largo verso Mickah.

– Senti, disse. – Qui hanno il loro buttafuori, quindi... goditi lo spettacolo, va bene?

– Gli ho già parlato, gli disse Mickah. – Se c'è casino mi chiama.

– Benissimo, disse Jimmy.

Prese posto dietro il tavolo. Si sentì stridere un microfono.

Erano le nove e mezza. Il capo barista fece un cenno a Jimmy. Jimmy si alzò e prese il microfono di Deco.

114

– Signore e signori, le Regency Rooms presentano una band, venuta qui apposta da Dublino (questo non suscitò le risate che si aspettava), – la Band più Proletaria del Mondo, i Salvatori del Soul... Sì, sì, sì... i Commitments.

Erano più bravi, stavolta. Billy sapeva il fatto suo. Outspan non era sotto l'occhio fisso di sua madre. Deco era bloccato dai tavoli su tre lati e alle spalle da Dean e Joey The Lips. Non poteva muoversi. Stasera non ci sarebbero stati incidenti.

Natalie cadde dalla pedana. Ma non fu un incidente. L'aveva spinta Imelda. Stavano scherzando.

Le canzoni furono un successo. Si tennero sui classici, quelli che sapevano tutti. Gli adattamenti a Dublino furono accolti da risate e, verso la fine, da urla e applausi. Le Commitmentettes furono fischiate, ma educatamente.

Un uomo gridò: – Tiratevele giù!

Mickah gli suggerì di calmarsi.

Le chiacchiere di Deco tra un numero e l'altro andavano meglio. Jimmy e Joey The Lips gli avevano insegnato un paio di cose.

Restava sempre uno stronzo però, Jimmy dovette ammettere con Mickah.

Night Train fu un enorme successo. Non c'era spazio per il treno del pubblico, ma quelli che erano in piedi si misero a saltare su e giù e quelli che erano seduti si alzarono.

Poi finì. I Commitments non potevano uscire di scena, se non volevano fare un'ammucchiata nei cessi, quindi rimasero sulla pedana tra gli applausi e le grida di entusiasmo del pubblico, in attesa che Jimmy facesse la sua parte.

– Ancora!

– Sì, sì, sì,. signore e signori... compagni. Stasera avete sentito la musica del popolo. ... Signore e signori, i Commitments. ... I Salvatori del Soul. ... Volete sentirli ancora?

Li volevano ancora.

Jimmy passò il microfono a Deco.

– Presenta i ragazzi.

– Okay, disse Deco al microfono. – Adesso vi presento gli altri. ... Alla batteria, Billy Mooney. ... Alla chitarra... se siete riusciti a sentirla, ah ah, ah... Outspan, anzi L. Terence Foster. Lì al basso, Derek. Il quattrocchi alla pianola è James Soul Surgeon Clifford.

Ognuno di loro ricevette degli applausi, ma nessuno dei Commitments se ne accorse. Stavano tutti fissando Deco, con occhi di fuoco. Non era così che si erano messi d'accordo durante le prove, proprio per niente.

– Dean Fay è lì al sax, okay, e Joey The Lips Fagan alla tromba. Con quella che ha lì davanti...

– Ed ecco Tanya, Sonya e Sofia, le Commitmentettes. Io sono Deco Blanketman Cuffe e noi siamo i Commitments. Questa si chiama When a Man Loves a Woman.

Deco si arrampicò su uno sgabello libero.

– THU – CUDADUNG CUDADUNG CUDADUNG –

Billy si scatenò al ritmo di Reach Out I'll be there, poi si fermò. Si alzò dalla batteria e se ne andò verso i cessi.

Prima suonò James, poi Derek, poi Deco iniziò a cantare.

– WHEN A MA – HAN LOVES A WO –

MAN –

CAN'T KEEP HIS MIND ON NOTHIN' EH -- ELSE –

HE'LL CHANGE THE WORLD –

FOR THE GOOD THINGS HE'S FOU – HOUND –

IF SHE'S BA – HAD HE CAN'T SEE –

IT –

SHE CAN DO NO WRO – O – ON – NG –

TURN HIS BACK ON HIS BEST FRIEND IF HE PUT HER DOWN –

Era fantastico, Jimmy sbatté gli occhi. I Commitments lo avrebbero perdonato, Deco. Billy era ancora al cesso, però. Il capo barista mandò una quarta pinta a Jimmy, e una anche a Mickah.

116

— WHEN THIS —

MAN LOVES THIS WO — MAN —

Il ritmo di Outspan qui era perfetto, leggero e stridulo.

— AND GIVES HER EVERYTHING ON EARTH —

Outspan si dondolò.

— TRYIN' TO HOLD ONTO —

YOUR CROCK O' GOLD —

BABY —

PLEASE DON'T —

TREAT ME BA — AA — AA — AAD —

La folla fece uuuh.

— QUANDO AMI — UNA DON —

NA —

LE COMPRI LE CA — RA — ME — EL — LE —

LA PORTI PERFINO ALLO ZOO — O — O

SPENDI TU — U — TTO PER LE — EI

MA SE BECCHI UN ALTRO CHE LA GUARDA —

PRENDI UN MARTELLO E — GLI SPACCHI — IL — CU —

UU — LO

Nessuno rise. Non c'era niente da ridere. Era vero.

— YES WHEN A MA — HAN LOVES A WO — MAN

I KNOW EXACTLY HOW HE FEEL — YELLS —

COS —

BABY —

BABY —

BABY —

I LOVE YOU.

Poi finì. Le luci si spensero e si riaccesero due volte. Degli amici vennero a congratularsi con i Commitments.

— Hai una gran voce, disse una donna a Deco.

— Non ho bisogno di sentirmelo dire da te, fece Deco.

Billy uscì dal cesso. Prima che qualcuno potesse chiedergli se era tutto a posto, andò dritto alla batteria a prendere una delle bacchette. Poi si avvicinò a Deco e cominciò a picchiarlo sul collo e sulle spalle.

E cantava mentre lo picchiava.

– Io sono Billy... The Animal Mooney, hai... capito? Billy The... Animal Mooney e tutti... noi abbiamo dei nomi di scena... e li sai benissimo... tutti, cazzo, razza... di coglione che sei, non siamo... il tuo gruppo cazzo, non siamo... il tuo gruppo...

Mickah gli tenne ferme le braccia. Deco si sottrasse ai colpi.

– Te la sei proprio cercata, gli disse Jimmy.

– Ma perché, che ho fatto adesso? chiese Deco.

– Ah, guarda! disse Bernie. – Gli è scoppiato un brufolo.

Quasi tutti i Commitments risero.

– Non hai presentato bene il gruppo, disse Jimmy.

– Mi sono dimenticato.

– Vaffanculo!

– Stavo scherzando. Non avete nessun senso dell'umorismo voi, sapete?

– Perché, tu ce l'hai? gli chiese Outspan.

– Sì.

– Ti sei montato la testa, amico.

– Siete gelosi...

– Vaffanculo.

– Andateci voi.

– Adesso basta, disse Joey The Lips.

– Gelosi di te?... Puah...

– Basta.

– Ha ragione Joey, disse Jimmy. – Ci vediamo domani sera e ne parliamo.

Deco se ne andò.

– Attento ai fan, gli urlò dietro Derek.

Mickah lasciò andare Billy.

– Sta rovinando tutto, Jimmy, disse Billy. – Mi dispiace, sai. Ma non ne posso più di lui. Andava tutto bene e poi lui... è veramente uno stronzo.

– Mi sembra una descrizione accurata, disse James.

118

– La prossima volta lo ammazzo, disse Billy. – Ve lo giuro. ... Lo ammazzo.

– Non ne vale la pena, disse Derek.

– Sì che ne vale la pena, Billy, disse Imelda. – Ammazzalo.

– Ah, ma che cazzo! disse Jimmy.

– Stavo scherzando, disse Imelda. – Non ucciderlo, Billy.

– Già, disse Natalie. – Dagli solo una bella lisciata.

– Se volete lo faccio io, disse Mickah.

– Fratelli, disse Joey The Lips.

Aveva tirato su i palmi delle mani. I Commitments erano pronti ad ascoltarlo.

– Dunque, Fratello Deco non sarà il più simpatico dei Fratelli...

– È uno stronzo, Joey.

– È vero, Fratello Dean. Devo ammettere che sono d'accordo. Fratello Deco è uno stronzo. Ma la sua voce, Fratelli e Sorelle. ... Quella non è la voce di uno stronzo. Quella voce appartiene a Dio.

Nessuno lo contraddisse.

– Ne abbiamo bisogno, Fratelli. Abbiamo bisogno di quella voce.

– Peccato il resto.

– Sono d'accordo.

– Domani al lavoro gli parlo, disse Jimmy.

– Digli che lo ammazzo.

I Commitments furono citati sull'Herald.

– I Commitments, diceva l'Herald, – hanno suonato dei numeri forti, alla Motown. Una novità nel campo della musica dal vivo. Sono a volte discontinui, ma sempre pieni di energia. Anche se avevano i vestiti della misura sbagliata. La mia ragazza si è innamorata del cantante, certamente un astro in ascesa. Io lo detesto! (– Oh, cazzo! disse Jimmy.) Nonostante i loro difetti, i Commitments vi faranno passare

119

una piacevole serata. E magari sono anche importanti. Andate a vederli.

Armato di questo articolo e di quello del Northside News, Jimmy riuscì a combinare ai Commitments un mercoledì sera in un pub più grande, il Miami Vice, che fino a poco prima era il Dark Rosaleen. Era quasi nella zona sud, ma era vicino alla fermata della metropolitana.

Per i Commitments fu un altro successo. Deco si limitò a dire le cose che diceva durante le prove, senza aggiungere altro. Tutti tornarono a casa contenti.

Gli fecero un contratto per un mese, tutti i mercoledì. Se riempivano il pub la prima sera, potevano farsi pagare due sterline all'ingresso.

Lo riempirono.

Andava a vederli un certo tipo di pubblico. A Jimmy veniva in mente la folla di cui faceva parte anche lui, ai tempi dei concerti dei Blades. Erano più vecchi e più maturi adesso, dei mod cresciuti. Si vestivano in un modo un po' più azzardato di allora, ma erano sempre molto rispettabili. E il taglio di capelli delle donne era più vario. Non erano più delle vere modette.

Un buon pubblico, decise Jimmy. I mod e gli ex-mod la sapevano riconoscere, la buona musica. Si vestivano in maniera rigorosa ma ascoltavano di tutto, purché fosse roba buona; e purché i musicisti fossero vestiti bene.

I Commitments erano vestiti bene. Jimmy era contento del pubblico. E anche Joey The Lips. Questa era La Gente.

Jimmy si accorse anche di un'altra cosa: volevano sentire Night Train.

– NIGHT TRAIN, stridette Deco.

O DOLCE MADRE DI CRISTO –

NIGHT TRAIN –

O CAZZO DOLCE MADRE DI CRISTO –

NIGHT TRAIN –

NIGHT TRAIN –

NIGHT TRAIN –

DAI FORZA –

Le Commitmentettes tirarono su il braccio destro e si attaccarono alla corda del fischietto.

– WHHWOO WOOO –

– NIGH'

Deco si asciugò la fronte e si sbottonò la camicia.

– TRAIN.

– Ancora!

– ANCORA!

Urlavano tutti, volevano sentirla ancora, ma bastava così. Tre volte in una serata era abbastanza.

– Grazie a tutti, disse Deco. – Siamo i Commitments... Buona notte e che Dio vi benedica.

– Direi che la settimana prossima iniziamo a guadagnarci qualche soldino, eh? fece Mickah.

Stava mettendo via i microfoni.

– Fratello Jimmy, disse Joey The Lips. – Sono preoccupato. ... Per Dean.

– Perché, che ha fatto Dean?

– Mi ha detto che sta ascoltando del jazz.

– Che c'è di male? volle sapere Jimmy.

– Tutto, rispose Joey The Lips. – Il jazz è l'antitesi del soul.

– Ma che cazzo dici!

– Su questo sono d'accordo con Joey, disse Mickah.

– Vedi, disse Joey The Lips. – Il soul è la musica della gente. È gente qualunque che fa musica per la gente qualunque... È una musica semplice. Può suonarla chiunque, qualsiasi Fratello. Il suono dei Motown è un suono semplice. Thump-thump-thump-thump. Questo è un tempo facile. Thump-thump-thump-thump. ... Vedi? Il soul è democratico, Jimmy. Basta il coperchio di un bidone per suonare. È la musica della gente.

121

– Anche chi è bocciato agli esami è capace di suonare il soul, è questo che vuoi dire, Joey?

– Proprio così, Fratello Michael.

– Mickah.

– Fratello Mickah. Proprio così. Non ci vuole la laurea per fare il dottore del soul.

– Mica male questa.

– E il jazz, perché non va bene? chiese Jimmy.

– È musica intellettuale, disse Joey The Lips. – Musica antipopolo. Roba astratta.

– È freddo e privo di emozioni, dico bene? fece Mickah.

– Dici bene. ... È senz'anima. È suono per amore del suono. Non ha nessun significato. ... Sono pippe musicali, Fratello.

– Pippe musicali, disse Mickah. – Mi piace. Magari ci giochiamo a Natale... invece del gioco delle sedie.

– Che roba sta ascoltando Dean? chiese Jimmy.

– Charlie Parker.

– Per quanto ne so è bravo.

– Bravo! boccheggiò Joey The Lips. – Quell'uomo non aveva diritto alla pelle nera.

Joey The Lips si stava scaldando. Era roba da vedersi. Gli altri due erano pronti a godersi lo spettacolo.

– Gliela dovevano staccare con la fiamma ossidrica, cazzo.

– Attento a come parli, Joey!

– Poliritmi! Poliritmi! Ma dico io! Questa non è la musica della gente. ... Gli salivano su per le gambe e gli entravano in culo a Fratello Parker, 'sti poliritmi. ... E per chi suonava? Ve lo dico io. Ragazzini bianchi di buona famiglia, con la barbetta e il berretto. Nei jazz club. Jazz club! Non applaudivano nemmeno. Facevano schioccare le dita.

Joey The Lips fece schioccare le dita.

– Così. ... Voglio dirvi una cosa, Fratelli. ... Non l'ho mai detto a nessuno.

Attesero.

– Il più grosso rimpianto della mia vita è di non essere nato nero.

– Dici sul serio, Joey?

– Charlie Parker è nato nero. Di un colore bellissimo, lustro, quasi blu. ... E sapeva suonare. Suonava molto bene. Ma non ha saputo apprezzare la cosa, ci ha sputato sopra. Ha voltato le spalle alla sua gente per andarsene a intrattenere i ragazzini alla moda e gli intellettuali. ... Il jazz! È decadente. ... Hanno fatto bene i russi a proibirlo.

Joey The Lips si stava calmando. Aveva smesso di tirarsi su la manica in continuazione.

– The Bird! sputò fuori. – E questo è quello che ascolta il povero Dean.

– È una cosa grave, allora.

– È grave sì. ... Molto grave. Parker, John Coltrane... Herbie Hancock... e il più grosso figlio di puttana di tutti, Miles Davis.

– ... Ma fammi capire, perché ti preoccupa tanto?

– Lo perderemo.

– Che vuoi dire?

– Dean diventerà un purista del jazz.

A Joey The Lips venne quasi da vomitare, a quelle parole.

– Non vorrà più suonare per la gente. Dean ha il soul nell'anima ma lo ucciderà, se ascolta il jazz. Il jazz è per la mente.

– Che possiamo fare? disse Jimmy.

– Possiamo prenderlo a botte, disse Mickah.

– Mickah.

– Eh?

– La batteria.

– Okay.

Al concerto del secondo mercoledì venne Hot Press, e pagò all'ingresso perché Mickah non gli volle credere.

– Io sono di Hot Press.

– E io sono dell'American Express, disse Mickah. – Paghi due sterline o te ne vai affanculo.

Mickah aveva incassato centoventi sterline, che gli gonfiavano il taschino della camicia. Le fece vedere a James.

– Ce l'abbiamo fatta, eh?

Jimmy esaminò Dean in cerca di segni rivelatori. Non ce n'erano molti, ma ce n'erano. Dean si piegava sul sassofono adesso, per proteggerlo. Prima lo puntava in alto, lo spingeva in fuori e si tirava indietro, per far vedere a tutti come luccicava. Tra non molto avrebbe iniziato a suonare seduto su uno sgabello. E lo sgabello non era un oggetto soul, decisamente. Jimmy era preoccupato. Gli piaceva Dean.

Deco si comportava come al solito. Peccato, perché aveva una voce perfetta. Jimmy non fece molta attenzione a Billy.

E quello fu un peccato. Perché, appena prima del bis, Billy lasciò i Commitments.

– Tocca a te, Billy, gli fece Jimmy.

– Non posso, disse Billy.

– Perché no?

– Me ne vado.

Una lunga pausa, poi: Eh?

– Lascio il gruppo. Non torno in scena... Me ne vado.

– Cristo! disse Jimmy.

When a Man Loves a Woman si poteva fare senza la batteria.

– James, urlò Jimmy. – Attacca.

– Adesso, disse – racconta tutto allo zio Jimmy.

– Io...

Jimmy si accorse che Billy ci stava pensando su.

– È che... io lo odio, Jimmy. Cazzo, come lo odio... Non ci dormo la notte.

Billy aveva la faccia tesa.

124

– E perché?

– Resto sveglio a pensare come posso odiarlo meglio... A immaginare vari modi per ucciderlo, capito?

Billy guardò Jimmy negli occhi.

– Ieri ho telefonato a casa sua. Ma ci credi? Non ho mai fatto una cosa del genere in vita mia... Mi ha risposto la sua vecchia... o almeno, direi che era la sua vecchia. Io non ho detto niente... Sono rimasto a sentire.

– Non puoi andare avanti così, ragazzo mio. Cazzo, dici cose da malato di mente.

– Lo so, cazzo, lo so. Credi che non lo sappia?... È per questo che me ne vado. Non voglio vederlo mai più quello stronzo. ... Voglio togliermelo dai piedi per sempre, hai capito? L'ho deciso mentre facevamo I Thank You. Quando si è messo a schiaffare il culo in faccia a quelle donne sedute davanti, mi faceva schifo, cazzo. ... Insomma, lascio il gruppo, e adesso... me ne vado.

– Non vale la pena di odiarlo.

– Cazzo, se ne vale la pena.

Jimmy guardò Billy. Se n'era proprio andato. Era inutile cercare di convincerlo. E allora Jimmy si arrabbiò.

– La sanno suonare tutti la batteria, Billy... Perciò vaffanculo.

– Ah, Jimmy!

– Va' a cacare.

– Voglio la mia batteria.

– Dopo il concerto.

– Il furgone è mio, ricordati.

– Ce lo prendiamo in affitto un furgone. Anzi, ce lo compriamo. Meglio di quel tuo coso arrugginito.

Jimmy si era avviato verso la pedana, ma si voltò a guardare Billy.

– Uno celeste, con su scritto i Commitments in blu scuro sulla fiancata. E dietro ci scriviamo Billy The Animal Mooney è un coglione, va bene?

Billy non disse niente.

When a Man Loves a Woman era finita. Adesso stavano per fare Knock on Wood.

Jimmy prese una delle bacchette e si mise in piedi dietro la batteria.

Gli altri lo guardarono.

– Allora, disse Jimmy. – Siete pronti?

– BLAM –

– Dai.

– BLAM –

– Dai, James.

– BLAM –

Alla fine di Knock on Wood Jimmy pensava di aver dimostrato di avere ragione: la sapevano suonare tutti, la batteria.

Il concerto era stato grande, disse Hot Press a Jimmy. Dublino aveva bisogno di qualcuno come i Commitments, per farsi uscire di mente gli U2. Avrebbe scritto una recensione sul numero successivo. Poi chiese se gli ridavano le due sterline.

Nessuno dei Commitments vide più Billy. Non abitava a Barrytown.

Il venerdì dopo Mickah passò a chiamare Jimmy. C'erano le prove nel garage della mamma di Joey The Lips. Quando arrivarono alla fermata dell'autobus Mickah parlò.

– Jimmy, ti ho mai chiesto niente?

– Sì.

Non era la risposta su cui contava Mickah.

– Quando?

– Mi hai chiesto di prestarti la penna rossa a scuola. Per fare una riga sul margine, quando E.T. ha detto che per quanto lo riguardava i compiti non erano finiti se non c'era il margine.

– Jimmy, disse Mickah. – Sto parlando sul serio. Trattami con un po' di rispetto, per favore. Ti ho mai chiesto niente?

– No.

– Così va meglio. ... Be', adesso voglio chiederti una cosa.

– Soldi non ne ho.

– Jimmy, disse Mickah. – Sto facendo del mio meglio, sai. Devo proprio dartele, allora?

Stava addosso a Jimmy.

– Che vuoi? gli chiese Jimmy.

– Fammi suonare la batteria.

– Veramente io...

– Fammi suonare la batteria.

– D'accordo.

Così Mickah diventò il nuovo batterista. Si era perfino trovato un nome.

– Ehm, Washington D.C. Wallace.

I Commitments risero. Era perfetto.

– D.C. sta per Dead Cool, disse Mickah.

– Ah, sì, disse Imelda. – Bell'idea questa.

Stavano aspettando Dean e James.

Joey The Lips parlò. – Abbiamo perso The Animal, Fratelli e Sorelle. Ci mancherà. Ma abbiamo un ottimo sostituto, non un uomo ma una città. Washington D.C.

Jimmy intervenne.

– Abbiamo avuto la nostra prima crisi, d'accordo, ma l'abbiamo superata. Restiamo sempre i Commitments. E siamo a stretto contatto con il nostro pubblico. L'avete visto anche voi mercoledì.

Jimmy li lasciò pensare a mercoledì per un po'. Era stata una buona serata.

– Dedicheremo il primo LP a Billy.

– Sì, col cazzo, disse Outspan.

– Ahh... e perché no? fece Bernie.

– Così ci tocca anche pagarlo.

127

– Dici sul serio?

– Affanculo Billy, allora.

Joey The Lips andò in casa a rispondere al telefono.

Dean arrivò mentre Joey The Lips non c'era. Si era tagliato i capelli a spazzola.

– Cristo, Dean.

Aveva su gli occhiali neri.

– Dean, hai una camicia fantastica.

– Grazie.

Tornò Joey The Lips.

– Fratello James al telefono, Fratelli. Non ce la fa a venire. Ha un esame del cavolo... Domani.

Joey The Lips aveva appena visto Dean.

– La lampadina è troppo forte, Dean?

Outspan e Derek scoppiarono a ridere.

– Sono i fiori della camicia che gli fanno male agli occhi, disse Deco.

– Lasciatelo in pace. È fantastica.

Jimmy batté le mani.

– Cominciamo. ... Dai. Così finiamo presto.

– Sì, disse Bernie. – Le prove sono una noia.

– Abbiamo bisogno di canzoni nuove, disse Joey The Lips.

Diede una lieve pacca sulla spalla a Bernie.

– Prima facciamo vedere a Mickah come si fa, disse Jimmy.

– Mi chiamo Washington D.C., nell'orario di lavoro, disse Mickah.

Si mise alla batteria, che adesso aveva un solo tamburo.

– Possiamo chiamarti Washah, per abbreviare? gli chiese Outspan.

– Se volete, disse Mickah, – però io ve le suono.

– Washington D.C., fece Derek. – È uno schianto, Mickah.

Mickah mollò un colpo forte sulla batteria.

– Non ci vuole niente.

Mollò un altro colpo.

– Cazzo, è grande. ... Un gioco da ragazzi.

– Prova con tutt'e due le bacchette.

Lui ci provò.

– Ecco. ... Come vi è parso?

– Grande.

– Possiamo andarcene a casa, adesso?

Mickah fu un buon acquisto. Piaceva a tutti, e il suo entusiasmo arrivava al momento giusto. Si divertivano ai suoi sbagli e alle sue domande. I Commitments fecero un'altra prova lunedì sera. Volevano che Mickah fosse pronto per mercoledì.

Mickah si portò a casa la batteria. Suo padre, l'unico uomo in tutta Barrytown più duro di Mickah, gli bruciò le bacchette. Sua madre gliene comprò un altro paio.

I Commitments sembravano rinati, il terzo mercoledì del loro contratto. Arrivarono tutti in orario. Le Commitmentettes avevano le calze nuove, con delle farfalline nere dietro la caviglia. Mickah aveva su il vestito di Jimmy. James si era portato un flacone di Mister Sheen. Si mise a lucidare il piano.

– Più olio di gomito ci vuole, gli fece Outspan.

Jimmy incassò i soldi all'ingresso, centoquarantasei sterline. Voleva dire che c'erano tredici persone in più della settimana prima. Senza contare Hot Press e gli altri tre che erano venuti con lui, che erano entrati gratis.

I Commitments suonarono bene.

Outspan e Derek erano diventati molto sicuri di sé. Le Commitmentettes erano fantastiche. Erano splendide, molto eleganti, e dal modo in cui si muovevano in scena veniva fuori il loro senso dell'umorismo.

Si divertivano.

Mickah picchiettava e mollava colpi, felice, alla sua batteria; qualche volta usava le dita o il pugno, e una volta addirittura la fronte. Le spalle gli andavano su e giù mentre suonava, gli arrivavano fin sopra le orecchie.

Una cosa rovinò la serata di Jimmy: l'assolo di Dean in Stop in the Name of Love. Le Commitmentettes stavano dando il meglio di sé. Tiravano su la mano destra ogni volta che cantavano STOP. Poi facevano una rapida giravolta prima di continuare con IN THE NAME OF LOVE. Mickah non le perdeva d'occhio e si teneva perfettamente a tempo con loro.

L'assolo di Dean fu buono. Veramente buono, ma era una novità. Non era quello che aveva sempre fatto.

Joey The Lips gli spiegò più tardi che cos'era che non andava.

– Nel soul gli assolo sono a incastro. Si inseriscono nel thump-thump-thump-thump. L'assolo fa parte della canzone. Mi segui?

– No.

– Se vogliamo dire la verità, Fratello, gli assolo del soul non sono affatto degli assolo.

– Ah, Cristo, Joey...

– Shhh... Nel soul non ci sono spazi vuoti. Se una cosa non c'entra, non ce la mettiamo. Il soul è collettivo. Come dice Little Richard, Se non c'entra non forzarlo. Hai capito adesso?

– Più o meno.

– L'assolo di Dean non era a incastro. Non c'entrava. Era una spirale. Non faceva parte della canzone. ... Non faceva parte di niente. Era un vero assolo. La batteria di Washington D.C. era come se non ci fosse, in quel pezzo... Questo è jazz, Fratello. Il jazz è così. Uno diventa egoista. Non gliene frega un cazzo dei Fratelli. Il jazz sta facendo questo a Dean, disse Joey The Lips. – Povero Dean.

I Commitments finirono con It's a Man's Man's Man's World. Mickah si tenne da parte. Fu James a scandire il ritmo.

− DOOM − DAH DAH DAH DAH DAH −

DOOM − DAH DAH DAH DAH DAH −

Deco cantò: − THIS IS A MA − AN'S WORLD −

Le Commitmentettes scossero la testa.

− DOOM − DAH DAH DAH DAH DAH −

DOOM − DAH DAH DAH DAH DAH −

− THIS IS A MA − AN'S WORLD −

Le ragazze scossero di nuovo la testa. Alcuni uomini tra il pubblico lanciarono grida di entusiasmo.

− BUT IT WOULDN'T BE NOTHIN' −

NOTHIN' −

WITHOU' −

A WOMAN OR A GIRL −

Le Commitmentettes fecero sì con la testa. Si girarono a guardare Deco, che era rivolto verso di loro.

− YEH KNOW −

MAN MADE THE CAR −

THAT TAKES US ONTO THE RO − OAD −

MAN MADE THE TRAY − AY − YAIN −

TO CARRY THE HEAVY LOAD −

− DOOM − DAH DAH DAH DAH DAH −

DOOM − DAH DAH DAH DAH DAH −

Le Commitmentettes voltarono le spalle a Deco. Lui le supplicò.

− MAN MADE THE ELECTRIC LIGH' −

Le ragazze gli lanciarono un'occhiata dietro le spalle.

− TO TAKE US OUT OF THE DA − HARK −

MAN MADE THE BOAT FOR THE WATER −

LIKE NOAH MADE THE AH − ARK −

Outspan suonava la chitarra come un'arpa.

− COS IT'S A MAN'S −

MAN'S −

MAN'S WORLD −

BUT IT WOULDN'T BE NOTHIN' −

NOTHIN' −

131

WITHOU' A WOMAN OR A GURREL –

Le ragazze si dondolarono e annuirono. Mickah si dondolò e annuì.

– YEH SEE –

Deco si stava ancora rivolgendo alle ragazze.

– È L'UOMO CHE GUIDA IL BUS –

CHE CI PORTA IN GIRO –

E L'UOMO LAVORA ALLA GUINNESS –

PER DARCI LE PINTE DI BIRRA – AA –

Qui la folla cominciò ad applaudire. Deco sollevò le mani, e gli applausi s'interruppero.

– E L'UOMO –

L'UOMO HA TUTTI I LAVORI PIÙ IMPORTANTI –

COME FAR PAGARE LE TASSE –

MA LA DONNA –

LA DONNA LAVORA SOLO DA CADBURY –

A IMPACCHETTARE I CIOCCOLATI – INI

SO –

SO –

SO –

IT'S A MAN'S – MAN'S WORLD –

BUT IT WOULD BE NOTHIN' –

NOTHIN' –

NEMMENO UN CAZZO –

WITHOUT A WOMAN OR A GURREL.

Stavolta non la finivano più di urlare e di applaudire, perciò It's a Man's Man's Man's World finì così.

I Commitments stavano sgombrando la scena dopo l'ora di chiusura, quando Derek disse: – Niente male quella canzone, It's a Man's World, vero?

– Cazzo, è fantastica.

Deco si tolse la bottiglia di bocca.

– Già, disse. – Pensavo di farla per Screen Test. Quella o When a Man Loves a Woman. Sono le mie migliori.

Outspan lasciò perdere tutto il resto.

132

– Non è possibile che andiamo a Screen Test. Cazzo, è impossibile.

– Direi, disse Derek.

– Lo so, disse Deco. – Forse non mi avete sentito bene.

Bevve un sorso dalla bottiglia.

– Non ve l'ho detto?... Pensavo di sì. ... Ci vado io a Screen Test. Da solo. Gli ho fatto scrivere da mia madre.

Derek urlò. – JIMMY! VIENI QUA!

Poi guardò fisso Deco.

Jimmy era fuori sul marciapiede che ringraziava quello di Hot Press per essere venuto. Sentì l'urlo.

– Cazzo buono! Meglio andare a vedere... Allora, ci rivediamo la settimana prossima, magari?

– Sì, certo.

– E cerca di portare anche quel tale, va bene? Gli compro una pinta.

– D'accordo.

Jimmy tornò dentro. Aveva buone notizie.

Ma se ne dimenticò appena vide come stavano le cose: i Commitments ognuno per conto suo, e Deco in mezzo.

– Che succede adesso?

– Diglielo, fece Derek.

Deco glielo disse.

– Che pezzo di merda che sei, gli disse Jimmy.

– Come sarebbe?!

– Ma dici sul serio?

– Sì, dico sul serio.

– Che cos'è questo Screen Test? chiese Joey The Lips.

Outspan glielo disse.

– È uno schifo di programma televisivo. Alla scoperta di nuovi talenti.

– È bestiale, cazzo, Joey, disse Derek.

– Non mi sembra una cosa molto seria, disse Joey The Lips.

– Perché non ce l'hai detto? Jimmy chiese a Deco.

– Ve l'ho detto.

Nessuno ne sapeva niente.

– Mi ricordo di averlo detto a qualcuno di voi. ... L'ho detto a te, James.

– No.

– Ma sì che te l'ho detto. ... Volevo dirtelo.

Mickah tornò dal cesso.

– Mi dispiace, disse Deco. – Già... be', gli ha scritto mia madre per me.

Deco decise di confessare anche il resto.

– Ho fatto anche domanda per andare al Concorso Nazionale della Canzone.

– Oh... Cristo... Buono!

– Non ci credo, disse Dean.

Le Commitmentettes attaccarono a ridere.

– Be', disse Deco. – Non so come spiegarvelo ... Devo pensare alla mia carriera.

Mickah attaccò a ridere. Deco non sapeva se quello era un buon segno o no.

Anche James rise.

– Cazzo, ma non te ne frega proprio niente degli altri, ragazzo? disse Jimmy. – Un po' di lealtà per il tuo gruppo, cazzo.

– Una Canzone per l'Europa! disse Outspan. – Dio cazzo... Eh?

Imelda cantò: – ALL KINDS –

OF EVERYTHIN' –

REMINDS ME –

OF –

YOU.

– Ah, vaffanculo, disse Deco. – Sentite... il gruppo non durerà per sempre.

– Non se ci sei tu, certo.

– State a sentire, per favore... Diciamo la verità... Io canto bene...

– Questo non è soul, Fratello, disse Joey The Lips.

– Vaffanculo, tu, disse Deco – e non mi seccare.

Fu a questo punto che Mickah sferrò a Deco una testata, dritta sul naso. Non si era rotto, ma pompava fuori muco e sangue a una bella velocità.

Outspan aiutò Deco a tenere la testa all'indietro. Natalie cercò di arrestare il flusso con un paio di fazzoletti di carta.

– Neanche questo è soul, Fratello, disse Joey The Lips a Mickah.

– No, probabilmente no, fece James.

– Non doveva parlarti in quel modo. ... Mi dispiace, va bene?

– Dillo a Fratello Deco.

– Glielo dico col...

– Diglielo.

– ... Mi dispiace, va bene?

– D'accordo, disse Deco. – Non preoccuparti.

Il naso di Deco era sotto controllo.

Jimmy si ricordò delle buone notizie.

– Forse viene a vederci un tizio di AR, la settimana prossima.

– Ce lo manda il Signore, disse Joey The Lips.

Porse le mani e tirò su i palmi. Jimmy li colpì. Poi Joey The Lips colpì i palmi di Jimmy.

– Che vuol dire, un tizio di AR? chiese Dean.

– Non so che cosa significa AR, ma so che sono dei talent scout per le case discografiche. Vanno a sentire i gruppi e gli fanno i contratti.

I Commitments si lasciarono andare a urla di gioia, sorrisi e risate e si presero a botte. Erano tutti molto contenti, perfino Deco.

– AR significa Artisti e Repertorio, disse Joey The Lips.

– Ci avevo pensato, disse Mickah.

– E la casa discografica?

– È una piccola, disse Jimmy.

– Aaaah, disse Imelda. ... Una piccolina. ... Che carina.
Gli altri risero.
– Indipendente, disse Jimmy.
– Bene, disse Dean.
– Come si chiama?
– Eejit Records... Sono irlandesi.
Il nome piacque a tutti.
– Devono essere veramente degli idioti del cazzo se vogliono noi.
– Vengono solo a vederci, li avvertì Jimmy.
– Non preoccuparti, Jim, disse Outspan. – Li presentiamo a Mickah.
– Buon'idea, disse Mickah. – Cazzo, così ce lo fanno di certo il contratto.
– Dateci dentro col rossetto la settimana prossima, ragazze, disse Jimmy.
– Va' a incularti, gli rispose Natalie.

Jimmy sperava che le buone notizie bastassero a tenere insieme i Commitments, ma era preoccupato. Non riusciva più a dormire. Avere dei problemi con uno alla volta era già difficile, ma adesso sia Dean che Deco si stavano montando la testa. E James era preoccupato per gli esami, e Mickah era un pazzo.

Per il fine settimana non organizzò nessuna prova, per dare a James il tempo di studiare e per tenerli lontani, così non avrebbero potuto litigare prima di mercoledì.

Quel venerdì Jimmy andò a casa di Dean. Voleva parlargli, e forse anche coglierlo con le mani nel sacco, che ascoltava il jazz.

Dean stava guardando un quiz alla televisione.

Andarono su in camera di Dean. Jimmy si guardò in giro in cerca di poster incriminatori. Niente; solo uno vecchio del Manchester United (c'erano ancora Steven Coppell e Jimmy Greenhoff) e uno di Bruce Springsteen a Slane. Ma forse la parete della stanza di Dean era rimasta indietro rispetto a Dean.

– Sei venuto in bus? chiese Dean a Jimmy.

– Non sono ancora stato a casa, disse Jimmy. – Sono andato a bere un paio di bicchieri con dei compagni di lavoro. ... Al Bruxelles. ... Lo conosci?

– Sì.

– Un bel posto... Delle gran fighe.

– Già.

– Be'... pensavo che potevamo fare due chiacchiere, parlare un po' del gruppo.

– Perché?

– Tu che ne pensi?

– Va tutto bene.

– Bene?

– Sì. Bene. ... Perché?

– ... In che senso tutto bene?

– Cristo, Jimmy, che ne so... Mi piace... Mi piacciono i ragazzi, sai, Derek e Outspan, e James. E Washington D.C. Joey mi ha insegnato un sacco di cose, sai... Mi piacciono anche le ragazze. Sono simpaticissime, più di quasi tutte quelle che conosco... Mi diverto.

– E della musica, che ne pensi?

– Va bene, disse Dean. – Mi diverte, sai... È buona.

– Ma?

– Ah, Cristo, Jimmy. Non voglio mettermi a fare lo snob, però... cazzo, non è che ci voglia molto, eh... Solo bang bang bang e quello stronzo di Cuffe, che strilla e si lamenta e fa i suoi gorgoglii del cazzo.

– Lasciamo perdere Cuffe. ... Che c'è che non va?

Jimmy sembrava dispiaciuto.

– Niente.

Dean era contento di quello che stava succedendo, anche se si sentiva a disagio.

– Non te la prendere, Jimmy, ma... È troppo facile. Non

m'impegna... Sai che voglio dire? È andata benissimo per un po', mentre imparavo a suonare. È roba limitata, capisci?... È divertente ma non è arte.

– Arte!

– Be'... sì.

– Qualcuno ti ha messo delle strane idee in testa, eh?

– No.

– A furia di guardare quelle cazzate di Channel 4... Arte! Col culo!

– Sfogati pure. Tanto non me frega niente.

– Arte! disse Jimmy. (Arte per lui era la materia che aveva scelto a scuola perché non c'era spazio in lavorazione del metallo e non voleva assolutamente fare economia domestica. Questa era l'arte.) – Dacci un taglio, Dean, dai.

– Senti, Jimmy, disse Dean. – È stato un inferno per me imparare a suonare il sassofono. Quasi quasi ci rinunciavo, ogni volta che c'erano le prove. Adesso so suonare. E non voglio fermarmi. Voglio diventare più bravo. ... È arte, Jimmy. È così. Mi esprimo col sassofono, invece che col pennello. Per questo mi sono dato al jazz. Non ci sono regole. Non ci sono muri, come ha detto quel tale sull'Observer...

– Lo sapevo! L'Observer, cazzo, lo sapevo!

– Stai zitto un attimo. Lasciami finire.

Dean era arrossito. Si era lasciato sfuggire la storia dell'Observer. Sperava che Jimmy non lo dicesse agli altri.

– Questa è la differenza tra jazz e soul. Nel soul ci sono troppe regole... È tutto muri.

– Joey li chiama incastri.

– Esatto, disse Dean. – Ci ha azzeccato in pieno... Quattro muri e poi si torna al punto di partenza. Mi segui?

– Credo di sì, disse Jimmy. – Te ne vuoi andare?

– Dai Commitments?

– Sì.

– No, Cristo, no. Assolutamente.

138

Jimmy era felice del modo in cui gli aveva risposto Dean.
– Come mai?
– Mi diverto, disse Dean. – Mi sta bene. Il jazz è per il tempo libero. Va bene così, no?
– Sì, certo.
– No, davvero, il soul mi va benissimo, Jimmy. Mi diverto. È solo l'artista in me che viene fuori di tanto in tanto, sai?
– Be', sì. Ti capisco. Mi capita la stessa cosa quando dipingo.
– Tu dipingi, Jimmy?
– Sì, col cazzo.
Dean era contento, adesso. E allora andò avanti a parlare, per far piacere a Jimmy.
– No, non voglio andarmene dai Commitments. Ci divertiamo un sacco. I ragazzi sono fantastici. ... E anche tu sai quello che fai. E poi... non dirlo a nessuno, però.
– Va' avanti.
– ... Mi piace anche un po' Imelda, sai.
– Piace a tutti Imelda, Dean.
– È grande, eh?
– Grande, sì... È una ragazza fantastica. ... Che ne pensi tu delle idee di Joey, che il soul è la musica della gente e tutto il resto?
– Non so come dire, disse Dean. – Joey è grande... Però è anche pieno di merda. ... No?
– Adesso che lo dici, forse sì, Fratello Dean. ... Ma vacci piano con gli assolo, però, d'accordo?
– D'accordo.

A ripensarci però, Jimmy decise che forse era Imelda a tenere insieme i Commitments. Piaceva a Derek, e piaceva ad Outspan. Piaceva a Deco. Era sicuro che piacesse anche a James. Adesso piaceva a Dean. E piaceva anche a lui.
Imelda aveva un sacco di soul.

139

Non c'era nessuna recensione su Hot Press. Quella fu una delusione. Però erano in Rhythm Guide.

– La settimana a ritmo di...

Chi suona dove.

Mercoledì.

Carlow, Octopussys: I Plumbers.

Cork, Sir Henrys: Asthmatic Hobbit Goes Boing.

Dublin, Baggot: I Quattro Samurai.

Dublin, Ivy Rooms: Autumn Drizzle.

Dublin, Miami Vice: i Commitments.

Jimmy lo ritagliò e se lo appese al muro.

I Commitments arrivarono tutti, quel mercoledì. Tutti aiutarono a sistemare l'attrezzatura. Stavano tutti molto bene. Il naso di Deco era tornato normale.

– È arrivato? chiese James.

Era in piedi dietro a Jimmy. Jimmy era seduto al tavolo alla porta, a far pagare l'ingresso.

– Chi?

– Il tizio dell'Eejit.

– Non ancora. Direi che viene, però.

– Diavolo, lo spero, Mastro Jimmy, disse James. – Alla fine me la devo squagliare, d'accordo? Ho un altro esame domani pomeriggio.

– D'accordo, disse Jimmy. – Contami questi.

Era arrivato Hot Press, con un altro tizio.

– Eccolo, disse Jimmy a James. – Dillo agli altri, per piacere.

– Bene bene, disse James.

– Come va, ragazzi, fece Jimmy.

– Salve, disse Hot Press. – La recensione sarà sul prossimo numero, d'accordo? Non c'era più spazio. Un grosso annuncio, sai.

– Non c'è problema, disse Jimmy.

– Questo è Dave, di cui ti ho parlato la settimana scorsa,
ti ricordi?

– Ah, sì, disse Jimmy. – Come va, Dave?... Jimmy...
Rabbitte.

Strinse la mano di Dave.

– Salve, Jimmy, disse Dave. – Maurice mi dice che i
ragazzi sono in gamba, eh?

– E ha ragione, disse Jimmy. – Ci sanno fare... Entrate,
ragazzi. Vi raggiungo tra un momento. Però prima devo
rapinare ancora un paio di persone.

Jimmy tremava dall'emozione.

I Commitments erano grandi. Era tutto a posto. Erano
grandi anche a vedersi. Ognuno di loro era uno spettacolo.

Cominciarono con Knock on Wood. Mickah suscitava
grida di entusiasmo ogni volta che picchiava la testa sulla
batteria. Poi fecero I Thank You. Poi Chain Gang, Reach
Out... I'll Be There e poi rallentarono con Tracks of My
Tears. Dopo ci fu What Becomes of the Broken Hearted.
Poi le Commitmentettes, con Walking in the Rain, Stoned
Love e Stop in the Name of Love.

Quando la folla capì che le Commitmentettes avevano
finito cominciò a urlare e a chiedere Night Train.

Arrivò dopo quattro canzoni.

– ALL ABOARD, disse Deco. – THE NIGH' TRAIN.

Ci furono degli spintoni. Qualcuno cadde, ma si rialzò
subito. Non successe niente di grave. Si misero tutti a don-
dolare e a saltare mentre Deco faceva l'appello delle città
americane.

La folla stava aspettando, si stava preparando.

– AND DON'T FORGET NEW ORLEANS – THE HOME OF
THE BLUES –

OH YEAH –

WE'RE COMIN' HOME –

I Commitments non riuscivano a vedere più niente dopo

le prime file, solo mani in aria che applaudivano e qualche ragazza seduta sulle spalle del suo uomo. Outspan sorrideva. Derek rideva. Era grande.

– THE NIGH' TRAIN –
CARRIES ME HOME –
THE NIGH' TRAIN –
CARRIES ME HOME –
SHO'NUFF IT DOES –

Jimmy guardò Dave dell'Eejit. Sorrideva.

Deco e le ragazze facevano chu-chu mentre i Commitments accompagnavano il treno sulla via di casa.

Deco si separò dalle ragazze.

Ruggì: – PARTIAMO DA CONNOLLY –

Urla, ruggiti e fischi.

– PASSIAMO DA KILLESTER –

Saltavano tutti a tempo, compreso Dave dell'Eejit. E Jimmy.

– HARMONSTOWN RAHENY –
E NON DIMENTICHIAMO KILBARRACK –
PATRIA DEL BLUES –
HOWTH JUNCTION BAYSIDE –
ANDIAMO A CASA –
POI A SUTTON DOVE VIVONO I BASTARDI SNOB –
OH YEAH –
OH YEAH –

La folla cantava con Deco.

– NIGH' TRAIN –
TORNANDO A CASA DAL PUB –
NIGH' TRAIN –
TORNANDO A CASA DAI COMMITMENTS –
NIGH' TRAIN –
A VOMITARE SU QUEL TIZIO LÌ DI FIANCO –
NIGH' TRAIN –
MA NON FA NIENTE TANTO DORME –
NIGH' TRAIN –

142

CARRIES ME HOME −
NIGH' TRAIN −
CARRIES ME HOME −
NIGH' TRAIN −
CARRIES ME HOME −
OH YEAH −
OH YEAH.

Poi i Commitments la rifecero tutta da capo. Non ci fu tempo per il bis, ma non importava.

I Commitments erano fieri di sé, erano totalmente felici.

− Siete dei professionisti, Fratelli e Sorelle, disse Joey The Lips. − Siete zeppi di soul.

− Che bella cosa che dici, Joey. Sei zeppo di soul anche tu... Mi viene da arrossire.

Dave dell'Eejit si avvicinò alla pedana.

− Grande spettacolo, disse Dave.

− Grazie, amico, disse Mickah.

− Grande effetto visivo, disse Dave.

− Anche il suono non era male però, eh? fece Mickah.

− Il suono è stato grande, disse Dave. − Signore, siete state magnifiche. Stupende.

− Grazie mille, disse Natalie.

− Sì, disse Bernie, − grazie.

− Hai visto, fece Natalie. − Siamo magnifiche.

− Stupeeende, disse Imelda.

Dave andò da Jimmy.

− Possiamo parlare... ehm?

− Jimmy.

− Jimmy, sì. Possiamo parlare? Di qua, sì?

Se ne andarono in un angolo in fondo. Hot Press li seguì.

− Ti è piaciuto, Dave? chiese Jimmy.

− Grande, stupendo. ... Grande.

− Non sono niente male eh, che te ne pare, Dave? fece Jimmy. − Ma forse hanno bisogno di qualche ritocco.

143

– No, no, disse Dave. – Li vuoi rovinare? Meglio lasciarli
così come sono. Grezzi.

– Va bene, se lo dici tu. Tu sei l'esperto.

– L'anziano. Alla tromba, mi pare? È una splendida
idea.

– Quello è Joey The Lips Fagan.

– Ah.

– Ha suonato con James Brown.

– Bene.

– E con tanti altri.

– Anche le ragazze... Grande spettacolo.

A Jimmy quasi scappò da ridere. Si nascose dietro il
bicchiere. Poi fece una domanda.

– ... Ti interessiamo, Dave?

– Sì, certo. Decisamente.

Jimmy si tenne il bicchiere stretto al petto. Sapeva che
l'avrebbe fatto tremare, se l'appoggiava sul tavolo.

Dave andò avanti.

– Produciamo solo 45 giri. Per il momento. Siamo piccoli, e ci sta bene così, chiaro? Non lo facciamo per guadagnarci, chiaro? Hai sentito il disco di Reality Margins?
Trigger Married Silver and Now they Are Making Ponies?
Nel programma di Fanning?

Jimmy mentì.

– Sì. Era molto buono.

– Era dell'Eejit. Dopo non l'hanno quasi più trasmesso.
Hanno avuto paura... Facciamo un contratto per un 45,
chiaro? Niente soldi, mi dispiace. Paghiamo lo studio di
registrazione, basta che sia solo per un giorno, e il produt-
tore. Prepariamo tutto il pacchetto. Una bella copertina.
Hai visto l'etichetta?

– Sì, disse Jimmy.

Questa volta non mentiva.

– È molto carina... mi piace.

144

Hot Press intervenne. – Dave ha fondato l'Eejit per farne il trampolino di lancio per le nuove band. Un disco con l'Eejit vi serve come primo scalino. L'idea è che le case più importanti lo sentono e se gli piace vi fanno un contratto. Il 45 giri dell'Eejit vi aiuta a farvi conoscere. A far sentire la vostra voce.

– Proprio così, disse Dave.

– Direi che va bene, disse Jimmy. – Sarebbe splendido. Ha funzionato, finora?

– Sì e no, chiaro? disse Dave. – I Reality Margins sono troppo all'avanguardia.

Hot Press rise.

Dave spiegò.

– Il mio fratellino suona gli strumenti a percussione nei Reality Margins, chiaro? Ma li conosci i Baby Docs?

– Sì. ... Bitin' the Pillow. ... Sì, sono forti.

– CBS e Rough Trade ci stanno ronzando intorno, disse Dave.

– Bene, disse Jimmy. – Speriamo che gli vada bene.

– Allora, Jimmy, disse Dave. – Dimmi... i Commitments sono interessati a registrare Night Train per noi?

– Direi proprio di sì, credo, disse Jimmy. (E tra sé: – Che stupido coglione che sei!)

– Non ne sei sicuro?

– Siamo un gruppo democratico, Dave, disse Jimmy. – Il soul è democratico.

– Bene, disse Dave. – Questo lo mettiamo sulla copertina.

– Ottima idea.

– Penserei a un doppio lato A. Sul lato A, Night Train nello studio di registrazione. Sull'altro lato A, Night Train dal vivo.

– Mi piace, disse Hot Press.

– Io lo comprerei, fece Jimmy.

– Un disco così lo trasmettono, direi, fece Dave. – E venderebbe bene. Magari va anche in classifica, eh? Roba

145

buona, sana, un ritorno alle origini, sai... Pura. E divertente anche, cazzo.

Con quello che restava della sua pinta, Jimmy mandò giù le risatine che non riusciva a soffocare.

– Dobbiamo pagarti qualcosa, Dave? chiese.

– No, disse Dave. – È tutto a posto. Noi abbiamo dei fondi dal Ministero del Lavoro, chiaro? Per l'impiego giovanile, chiaro? Mi pagano loro. Se ci sono dei profitti vanno all'Eejit.

– Ma va'! disse Jimmy. – È perfetto.

– Forse lo faccio perché sono un hippy, sai? disse Dave. – E i miei genitori sono ricchi. ... I Commitments sono disoccupati?

– ... Qualcuno di loro sì.

– Bene, disse Dave. – Al Ministero saranno contenti.

Hot Press rise.

– Forse dobbiamo firmare qualcosa, no? chiese Jimmy.

– Sì, certo. Un semplice contratto per un disco, chiaro?

– Possiamo farlo quando vuoi.

– Bene.

– Non ne hai uno con te, per caso?

– Domani.

– Sì, d'accordo. ... Vedrò se riesco a convincere gli altri. Dobbiamo parlare con qualcuno?

– No.

– Nessuno dell'Eejit?

– Io sono l'Eejit.

Hot Press rise di nuovo.

– Solo tu?

– Solo io, disse Dave.

Fece la mossa di battere a macchina.

– Sono anche la segretaria, chiaro?

– Bravo Dave, disse Jimmy.

Jimmy li accompagnò alla porta. Si salutarono e presero appuntamento per la sera dopo al Bailey.

Jimmy fece un paio di respiri profondi.

Era perfetto. I Commitments non dovevano legarsi a una marca stronza di proprietà di un hippy. Facevano solo quel disco; Night Train sarebbe stato un gran successo a Dublino, poi i pezzi grossi avrebbero fatto la fila per scritturarli, coi soldi pronti in mano. Jimmy si chiese se era meglio aspettare un po' prima di lasciare il lavoro.

Fece un altro respiro profondo, batté le mani, se le strofinò e tornò dentro a dirlo ai Commitments.

Ma i Commitments non esistevano più. A un certo punto, durante il quarto d'ora in cui Jimmy era stato a trattare con Dave dell'Eejit, i Commitments si erano sciolti.

Outspan e Derek erano gli unici rimasti sulla pedana. Gli altri se n'erano andati.

Jimmy si appoggiò al muro.

– ... Ma come?

– Se ne sono andati tutti affanculo, disse Outspan.

Stava cercando di spiegargli quello che era successo.

– E perché?

– Non ho capito bene, disse Outspan. – Quando mi sono accorto che stava succedendo qualcosa, era già finito tutto.

– Tu lo sai, Derek?

– Direi che è stato quando Deco ha visto Joey che baciava Imelda.

– Imelda?

– Sì.

– E Bernie?

– Sembrava che non gliene importasse niente.

– Ma che cazzo! fece Jimmy. – Si baciavano sul serio?

– Ah, sì, disse Derek. – Ci davano dentro. Proprio lì dove sei tu.

– Quello l'ho visto anch'io, disse Outspan.

Scosse la testa.

– Mi è venuto da vomitare.

– Poi Deco ha detto che non ne poteva più, disse Derek,

147

– e ha tirato via Joey per allontanarlo da lei. E ha detto che Imelda era una tiracazzi. Ma non era proprio il caso di dire una cosa del genere, perché lei non è così, e allora sono andato a dargli un calcio in culo. Poi Deco si è buttato su Joey. Secondo me gli piace Imelda, sapete?... Gliele ha suonate, a Joey. Gli ha fatto male. Poi Mickah si è lanciato su Deco. Gli ha dato un paio di ceffoni e Deco è scappato via, dicendo che i Commitments se ne potevano anche andare affanculo, e Mickah gli è corso dietro.

– Com'è che io non ho visto niente? chiese Jimmy.

– È successo tutto in fretta, cazzo, disse Outspan. – Io ero qua, figurati, e neanch'io ho visto niente.

– Dov'è James?

– Se ne doveva andare, ti ricordi?

– È vero... E Dean?

– Dean l'ha presa molto male, Jim, disse Derek.

– Questo l'ho sentito anch'io, fece Outspan. – Ha detto... senti questo... ha detto che col cazzo che voleva perdere altro tempo con un mucchio di segaioli che non sapevano suonare nemmeno uno strumento... E questo non glielo potevo lasciar dire... Gliele ho date. E lui se n'è andato affanculo. Direi che piangeva. ... Mah.

– ... Ma che roba, cazzo!... disse Jimmy.

– Sapete che vi dico? fece Derek. – Secondo me anche a Dean piace Imelda. È da ridere, se ci pensi.

– È da morire, cazzo, disse Jimmy. – Dov'è Joey?

– È andato all'ospedale. Pensava di essersi rotto il naso. Le ragazze sono andate con lui, ma secondo me lui non le voleva. Voleva andarsene per conto suo. Loro gli sono corse dietro.

Jimmy si sedette sulla pedana.

Derek andò avanti.

– È strano... Direi che Joey era l'unico a non essere innamorato di Imelda ed è stato l'unico che se l'è fatta con lei. Cazzo, è da ridere, eh?

Jimmy non disse niente per un po'. Restò a guardare il pavimento. Outspan e Derek capirono che stava pensando, stava cercando di rendersi conto della situazione.

– Andate affanculo anche voi, allora, disse alla fine.
– Ma che abbiamo fatto noi! disse Outspan.
– Affanculo tutti, disse Jimmy, piano. – Bastardi.
Il capo barista uscì dalla stanza dietro il bar.
– Ma come, siete ancora qui? gridò.
– Se ne sono andati quasi tutti, amico, disse Outspan.
– Affanculo tutti, disse Jimmy al pavimento. – Proprio...
Si batté una mano sul ginocchio.
– Affanculo tutti.
– Forza, fece il capo barista.
– Un momento, disse Derek.
Si chinò verso Jimmy.
– Mi dispiace, Jimmy, disse.
Mise una mano sulla spalla di Jimmy.
– Comunque... È stato bello finché è durato, eh?
– Ah, vaffanculo, disse Jimmy.
Quel modo di parlare gli dava sui nervi.

Jimmy telefonò a Joey The Lips dopo una settimana che i Commitments si erano sciolti.

Non aveva provato a farli tornare insieme. Non aveva nemmeno avuto voglia di provarci. Erano degli stronzi del cazzo. Aveva guardato la televisione tutta la settimana. Non era stato troppo male. Venerdì era andato a bere un paio di bicchieri coi compagni di lavoro. Così era passata la settimana.

Non ci era andato al Bailey, all'appuntamento con Dave dell'Eejit.

E non aveva messo su nemmeno un disco di musica soul.

Adesso, una settimana dopo, pensava che gli fosse passata. Aveva quasi pianto a letto, quella sera. Gli sarebbe piaciuto da morire veder uscire quel 45 giri dei Commitments, con una loro foto in copertina e magari un filmato per Anything Goes. Ma adesso gli era passata. Erano tutti degli imbecilli. Anche Dave dell'Eejit. Lui aveva di meglio da fare nella vita.

Ma voleva telefonare a Joey The Lips per salutarlo, e augurargli buona fortuna, perché Joey The Lips non era come tutti gli altri. Joey The Lips era diverso. Aveva insegnato un paio di cosette a tutti.

Rispose lui.

– Casa Fagan.

– Joey?... Come stai? Sono Jimmy.

– Jimmy! Il mio uomo. Come va, Fratello?

– Benissimo. E il naso?

– Ce l'ho ancora qui attaccato al suo posto.

– Cazzo, è stato tremendo quello che ha fatto Deco.

– Lascia perdere, lascia perdere... Mentre uscivo dall'ospedale lo stavano portando dentro, Fratello Declan.

– Cosa?

– In barella.

– Ma va'!... È buffo. Da allora non l'ho più visto. Mi ero dimenticato che lavora dove lavoro io.

– Hai visto qualcuno degli altri Fratelli e Sorelle?

– No. E non li voglio vedere.

– Mmm. ... Peccato.

– ... E tu, che farai adesso?

– L'America chiama, Fratello. Torno lì. Forse il soul non va bene per l'Irlanda. E allora non vado bene neanch'io. Ritorno al soul.

– Quando?

– Dopodomani. Mi ha chiamato Joe Tex. Lo conosci Joe Tex?

– Il nome l'ho già sentito. ... Aspetta. Era in classifica. Ain't Gonna Bump No More with No Big Fat Woman.

– Esatto. ... Joe mi vuole di nuovo in tournée con lui.

– Bravo, sono contento. ... Sai, Joey, ho telefonato per ringraziarti di tutto. ... Allora... grazie.

150

– Oh, mi fai arrossire. Ringrazia il Signore, non me.
– Ringrazialo tu da parte mia, va bene?
– Lo farò. ... E tu continuerai la tua opera buona, Jimmy?
– Nemmeno per sogno. L'ho imparata la lezione.
– ... Aspetta un attimo.
– Va bene.
Joey The Lips tornò.
– Pronto, disse Jimmy.
– Senti questa. ... Cantiamo al Signore una nuova canzone, perché le sue opere sono meravigliose. Cantiamo versi di gioia al Signore, da tutta la terra un fragore, e gioiamo, e cantiamo lodi. ... È il Salmo 98, Fratello Jimmy.
– Vaffanculo, Joey. Buona fortuna.
Jimmy era in cucina a riempire il bollitore quando si ricordò di una cosa che aveva letto un paio di mesi prima. Joe Tex era morto nel 1982.

Una settimana dopo Jimmy incontrò Imelda. Aveva con sé il bambino di sua sorella. Jimmy gli fece qualche moina. Il bambino lo guardò fisso.
– È un maschio o una femmina?
– Un maschio. ... Eddie. È veramente uno stronzo. Piange sempre. È vero che sei uno stronzetto, Eddie?
Eddie ruttò.
– È anche maleducato. ... Be', insomma, che stai facendo in questi giorni? chiese Imelda a Jimmy.
– Niente... Niente di speciale.
– Hai visto qualcuno degli altri?
– No.
– Hai visto Joey?
– Perché, TU non l'hai visto? le fece Jimmy. – Se n'è tornato in America.
– Veramente? Lo stronzo.
– Eh?

151

– Non mi ha neanche salutato.

Jimmy aveva deciso di non dire a nessuno di Joe Tex.

– È di nuovo in tournée. Con gli Impressions, mi pare che ha detto.

– Che bello, beato lui. ... Sai che ti dico, Jimmy?... Non dirlo a nessuno però.

Jimmy non disse niente.

– Giura che non lo dici.

– Lo giuro, disse Jimmy.

– Penso che Joey se n'è andato per colpa nostra.

– Come sarebbe?

– Per me, Bernie e Natalie.

– Vuoi dire perché ve la facevate tutte e tre con lui?

– Sì. Più o meno. ... Aveva paura di noi.

– Tu credi?... Ti dispiace se ti chiedo una cosa? disse Jimmy. – Come mai ve la facevate tutte con lui?

– Ah, era per scherzo, sai? Non è che ci piacesse. Anzi, non era solo per scherzo... Era diventato una specie di gioco tra di noi. Per vedere se riuscivamo a farcelo tutte.

– Beato Joey, eh?

– Eh?... Ah, sì.

Si fece una risatina.

– Sì, direi di sì. ... Con tutt'e tre.

Rise di nuovo.

– Io penso di essere andata un po' troppo in là, però.

– Come sarebbe?

– Gli ho detto che pensavo di essere incinta.

– CRISTO BUONO!

Jimmy scoppiò a ridere.

– Non è possibile, cazzo!

– È vero, Jimmy. ... Le mie cose erano in ritardo.

Jimmy si sforzò di non arrossire.

– Di quanto?

– Qualche giorno, quasi una settimana.

– Ah, Cristo! Imelda!... Povero Joey.

Rise di nuovo.

– Non pensavo veramente di essere incinta. Non avrei dovuto farlo. Ma volevo vedere che faceva.

– Se n'è andato affanculo in America.

– Lo so, disse Imelda. – Lo stronzo.

Jimmy ridacchiò. E anche Imelda.

– Non era uno molto... molto deciso, sai che voglio dire? disse Imelda. – Era una specie di vagabondo, il nostro Joey.

Risero entrambi.

– Senti, disse Imelda. – Se metti insieme un altro gruppo, ci lasci entrare anche noi? Ci siamo divertite da morire.

– Tanto non lo faccio, disse Jimmy.

– Sonya, Tanya e Sofia, disse Imelda. – Da morire, cazzo.

– Bene, disse Jimmy. – Siete pronti?

– Attacca, Jimmy, fece Mickah.

Outspan e Derek erano seduti vicino a lui sul letto a castello.

– Questi sono i Byrds, d'accordo, disse Jimmy. – I'll Feel a Whole Lot Better.

Abbassò la puntina e si accovacciò tra le casse.

Il disco gracchiò un po' (era di seconda mano), una chitarra stridette e poi furono subito circondati da chitarre stridenti. Non ebbero il tempo di prepararsi.

– THE REASON WHY – EE –
OH I CAN'T STAY – AY – Y –
I HAVE TO LET YOU GO BAY – AYBE –
AND RIGHT AWAY – AY – Y –
AFTER ALL YOU DID –
I CAN'T STAY OH – H – H – ON –
AND I'LL PROBABLY –

A questo punto attaccarono due voci maschili dai toni alti.

– FEEL A WHOLE LOT BETTER –

Con una musica di quel tipo, i ragazzi non saltavano su e giù sul letto. Spingevano la testa e il petto avanti e indietro, avanti e indietro. E invece di battere i piedi a tempo, li picchiettavano forte per terra. Outspan strimpellava l'aria con le dita.

– BABY FOR A LONG TIME –

Gli altri Byrds ripeterono il verso.

– BABY FOR A LONG TIME –

YOU HAD ME BELIE – IE – IEVE –

Gli altri: – YOU HAD ME BELIEVE –

– THAT YOUR LOVE WAS ALL MI – I – I – INE –

Gli altri: – YOUR LOVE WAS ALL MINE –

– AND THAT'S THE WAY IT WOULD BE – EE – EE –

Gli altri: – LAA –

AAH –

AAH –

AAAAAH –

Dopo trenta secondi di canzone i ragazzi volevano essere i Byrds. Erano rimasti colpiti dal ritmo delle chitarre e dai lamenti virili di Gene Clark. Era delicato e ruvido allo stesso tempo. Le chitarre facevano a gara tra di loro.

Era la cosa migliore che avessero mai sentito. E loro non si limitavano ad ascoltarla. Ne erano travolti. Invasi. Musica da uomo.

– AFTER WHAT YOU DI – I – ID –

Gli altri Byrds: – AFTER WHAT YOU DID –

– I CAN'T STAY ON – OH – ON –

Gli altri: – I CAN'T STAY ON –

Tutti i Byrds: – AND I'LL PROBABLY –

FEEL A WHOLE LOT BETTER –

WHEN YOU'RE GOH – ON –

OH WHEN YOU'RE GOH – ON –

OH WHEN YOU'RE GOH – ON –

OH WHEN YOU'RE GOH – ON.

Ancora chitarre stridenti in dissolvenza, poi la canzone finì.

Jimmy si affrettò a tirare su la puntina. Il pezzo successivo, The Bells of Rhymney, era una cacata hippy e non voleva che gli altri la sentissero.

– Uno schianto, cazzo, disse Outspan. – Sentiamola di nuovo, Jimmy.

– Da morire, eh? fece Derek.

– State a sentire, disse Mickah.

– BABY FOR A LON TAM –

YEH HAD ME BEL – EE – EE – EE – EVE –

– Cristo, Mickah!... Che voce.

– Abbiamo il cantante, disse Jimmy.

– E tu puoi suonare la batteria, Jimmy, disse Derek.

– Sì, disse Outspan. – Solo noi quattro, eh? Niente stronzi.

– È questo che vogliamo? chiese Jimmy.

Era quello che volevano.

– Basso, chitarra, batteria e Mickah, disse Derek. – Da morire.

– Sentiamola di nuovo, disse Outspan.

– Un momento, disse Jimmy. – Siete capaci di suonare così?

– Per me non c'è problema, disse Outspan.

– Il basso mi sembra più facile che nel soul, disse Derek.

– Ci servono due chitarre.

– Col cazzo, disse Outspan. – Piuttosto suono con due mani.

– Ottima idea.

– E James?

– Lo prendiamo quando sarà diventato dottore, disse Mickah. – Quello è più importante.

– Ma ci vuole un secolo.

Jimmy intervenne. – Sarà dottore più o meno quando staremo preparando il terzo LP. E a quel punto ci servirà

155

un suono più delicato, sapete, una nuova svolta dopo i primi due, che saranno un vero country punk. James al piano sarà perfetto, allora.

– Grande. ... Glielo diciamo?

– No. Gli facciamo una sorpresa.

– Sentiamola di nuovo, disse Outspan.

– E le ragazze? disse Derek.

– Che c'entrano le ragazze?

– Le prendiamo?

– Ah, sì, disse Outspan. – Le ragazze sono a posto.

– Ho un'idea, disse Mickah. – Si possono mettere quelle robe tipo Dolly Parton, sapete, con le frange ai gomiti e cazzate del genere.

– Le vogliamo proprio, le ragazze? chiese Jimmy.

Le volevano.

– Così ci riposiamo un po', disse Derek. – Possono fare un paio di numeri lenti. Per le vecchie.

– E anche per le giovani.

– Però poi basta, eh, disse Jimmy. – E niente politica stavolta, cazzo. ... Sapete, prima di partire Joey mi ha detto che forse il soul non andava bene per l'Irlanda. Questa roba va bene, però. Non dimentichiamoci che una buona metà degli abitanti di questo paese sono contadini, cazzo. Questo è il tipo di roba che ascoltano tutti. ... Solo che loro la sentono alla velocità sbagliata.

– Glielo spieghiamo noi, allora, eh? Sentiamola di nuovo, Jimmy, per favore.

– Dobbiamo darci dei nomi? chiese Derek.

– Ah, Cristo, no, disse Jimmy. – Basta con queste cazzate. Stavolta è diverso.

Outspan era d'accordo con lui.

– Vi dispiace, disse Mickah, – se io mi prendo un nome?

– Quale?

– Tex.

Risero. Gli piaceva.

– Tex Wallace. ... Suona bene, no? fece Mickah.

Jimmy stava per mettere giù la puntina quando gli venne in mente un'altra cosa.

– Ah, già, disse. – Ci manca il nome. ... Avete qualche idea?

– Be', disse Derek. – Sapete, se i Byrds si chiamano Birds, che è un altro modo per dire ragazze... possiamo prendercelo anche noi un nome così, e chiamarci i Brassers.

Era un grande nome.

– Il country di Dublino, disse Jimmy. – Cazzo, è perfetto. I Brassers. ... Siamo un gruppo country di Dublino.

– È un nome fantastico, Derek, disse Outspan.

– Ah... mi è venuto in mente così, sapete.

Jimmy rimise a posto la puntina.

– Un'altra cosa mi sono dimenticato di dirvi. ... Ho parlato con quel tale, Dave dell'Eejit Records, ve lo ricordate? Gli ho chiesto se gli interessava una versione country punk di Night Train e lui ha detto che forse sì.

– Fantastico, disse Derek.

– Un momento, disse Mickah.

– PARTENDO DA MULLINGAR

PASSANDO PER KINNEGAD – una cosa del genere?

– Va benissimo, disse Jimmy.

Risero tutti.

– Va benissimo, sì, disse Outspan. – Mi piace. Bravo.

Jimmy teneva la puntina pronta.

– Bene, ragazzi, tempo un mese e saremo noi a cantare così.

Abbassò la puntina.

– Da morire, disse Derek.

CATHERINE DUNNE
LA METÀ DI NIENTE

Dublino. Sembrava un matrimonio normale:
lui, lei, tre bambini. Poi, un giorno, lui se ne va
con un'altra e lei si trova per la prima volta
a scontrarsi con la vita: le vicende di Rose,
e la sua lotta per far sopravvivere una famiglia ferita,
sono quanto di più toccante possa esserci.
Un romanzo ricco di sentimenti (e di risentimenti)
ma senza tracce di sentimentalismo,
una storia narrata da una voce di
straordinaria autenticità.

«Magnificamente scritto e molto, molto commovente...
Le parole e le azioni di Rose,
i gesti e gli atteggiamenti dei suoi bambini
sono quelli di persone reali»
Roddy Doyle

«Un libro che descrive in modo convincente
la vivacità e il cinismo della Dublino di oggi»
THE INDEPENDENT

«Uno stupendo e straordinario racconto
delle sofferenze quotidiane
che derivano dalla rottura di un matrimonio»
BOOKS IRELAND

GUANDA

Finito di stampare
nel mese di aprile 1998
per conto della Ugo Guanda S.p.A.
da La Tipografica Varese S.p.A. (VA)
Printed in Italy